KiWi

Paperback

KiWi

803

Über das Buch:
In Antje Wagners faszinierenden Erzählungen bewegen sich die Figuren auf dem Boden des Bekannten, doch der ist dünn und kann brechen. Sie alle – die alleinerziehende Mutter, der jüngere Ehemann, das stille Kind – geraten ins Rutschen, zunächst kaum merklich, dann in wachsender Geschwindigkeit, bis sie aus dem Leben fallen.
Da ist Lena, ein zwölfjähriges Mädchen, das eines Nachts heimlich in den schimmligen Keller des Nachbarhauses zieht und nicht mehr schläft, weil ihre Gedanken von Insekten befallen sind.
Da ist ein Ehepaar, das, in einer Waldhütte eingeschneit, monatelang ohne Aussicht auf Rettung ausharrt und langsam die Nerven verliert.
Antje Wagner zieht den Leser hinein in das beunruhigende Leben ihrer Figuren, die ihm immer vertrauter werden und doch merkwürdig fremd bleiben, und läßt ihn fassungslos zurück. Ihre an der Romantik geschulte Sprache, der Bildreichtum und die präzise Dramaturgie entwickeln sich zu einem machtvollen Sog.

Die Autorin:
Antje Wagner, geboren 1974 in Wittenberg, studierte deutsche und amerikanische Literatur und Kulturwissenschaften in Potsdam und Manchester, arbeitete als Kellnerin und Sprecherin und lebt seit 1999 als freischaffende Autorin in Potsdam. Sie veröffentlichte die Romane »Der gläserne Traum«, 1999, und »Lüge mich«, 2001, den Erzählband »Die Gärten bist du«, 2003, und erhielt bereits zahlreiche Stipendien.

Antje Wagner

Mottenlicht

Erzählungen

Kiepenheuer & Witsch

Die Arbeit an diesem Buch wurde unterstützt vom Ministerium für Wissenschaft, Forschung und Kultur des Landes Brandenburg und dem Künstlerhaus Schloß Wiepersdorf, wofür die Autorin herzlich dankt.

1. Auflage 2003

Umschlaggestaltung: Barbara Thoben, Köln
Umschlagfoto: © laif/Sabine Bungert
Gesetzt aus der Minion regular
Satz: Pinkuin Satz und Datentechnik, Berlin
Druck und Bindearbeiten: Clausen & Bosse, Leck
ISBN 3-462-03346-8

für Eric

Inhalt

Ersetzen 11

Der Mann am Nebentisch 30

Der Teich 42

Ich lebe sie 62

Mottenlicht 69

Glitzern 81

Gratwanderung 94

Ausfälle 108

Katzenliebe 125

Hirsche 143

Eisblumen 158

Ersetzen

Seit neuestem hat Fina den Tick, alles zu zählen.
»Eins, zwei, drei ...«
Sie hüpft und reißt an Susans Hand und zählt die Bäume, »vier, fünf, sechs«, die Kinderwagen, »sieben«, die Brillen, »acht, neun«, die Schornsteine, »zehn, elf«, die Straßenbahnen, »zwölf«. Fina zählt, ohne müde zu werden, sie zählt mit einer nicht versiegenden Begeisterung.
Susan läßt sich zerren und ziehen und verbessert nur hin und wieder. Die Laternen, »dreißig«.
»Nein, dreizehn, Fina. Dreizehn.«

*

Es gab immer wieder Situationen, in denen Susan nicht mehr weiterwußte. Sie kaufte im Supermarkt ein, und Fina fing an zu brüllen. Fina war damals zwei und konnte schon sprechen. Doch sie sprach nicht, sie brüllte. So etwas machte Susan hilflos.
Sie fragte Fina: »Was ist denn los?« Fina brüllte. Susan nahm sie in den Arm und lief mit ihr ein bißchen hin und her. Fina brüllte den ganzen Supermarkt zusammen. Die Leute guckten nicht nur, sie starrten. Das passierte oft. Susan stellte Fina auf die Erde, wo sie sofort zusammensackte und krebsrot vor Wut auf den Boden trommelte und brüllte. Susan sah sich um. Die Leute kamen in Kreisen näher.
»Schon wieder die!« hörte sie. Sie ließ den halbgefüllten Einkaufswagen stehen. Sie schnappte das brüllende Kind, stieß die Leute zurück und flüchtete durch die Gänge ins Freie. Draußen setzte sie Fina auf den Boden und atmete tief durch. Sie hatte Halsschmerzen, und Fina brüllte immer noch.

*

»Dreizehn«, sagt Fina.
Am Eisstand machen sie halt. Der Eisverkäufer grinst. Er kennt sie schon.
»Was magst du denn haben?« fragt Susan.
»Schlumpfeis!«
Der Eisverkäufer hält Susan die Tüte hin. Fina sagt: »Danke.«
Dann gehen sie weiter. Fina hüpft.
Die Leute hinter ihnen haben geflüstert. Susan hat sich daran gewöhnt. Fast.
»Vierzehn, fünfzehn«, ruft Fina, zeigt auf zwei Dackel, hüpft an Susans Hand und lacht.

*

Vierundzwanzig ist sie, aber manchmal kommt sie sich vor wie vierzig.
Dabei sieht sie immer noch nicht viel anders aus als damals. Damals, als sie sich im Spiegel betrachtete, ihr schwarzes Haar, das bis zu den Schultern reichte und an den Enden ausgefranst war, weil sie immer darauf rumkaute, und ihre wie von innen heraus glühende Haut. Unversehrt. Damals, als sie ihren noch flachen Bauch betastete und dachte: Ich bin erst siebzehn.
Sie hatte weder Schrecken verspürt noch Angst. Nur fiebrig war sie gewesen von dem Wagnis.
Fiebrig ist sie noch immer. Obwohl sie längst hätte ruhig werden können. Sie fühlt sich alt. Doch nichts hat sich geändert. Sie atmet noch immer flach und schnell. Noch immer wirft sie ihr Haar zurück und bricht in ihr hohes, exaltiertes Lachen aus, wenn jemand sie anspricht.
Vier Jahre lang ist sie abends nicht ausgegangen. Fina war

noch zu klein. In der Nacht konnte alles passieren. Sie hätte plötzlich aufwachen und nach Susan rufen können, und wenn sie gemerkt hätte, daß sie allein ist, hätte sie angefangen zu weinen. Sie wäre vielleicht durstig in die Küche gegangen und hätte sich dort verletzt: an dem Brotschneidemesser, an den Scherben des Glases, das sie womöglich fallengelassen hätte. Susan wäre nachts heimgekommen und hätte Fina in einer Pfütze Blut gefunden. Dieses Bild war entsetzlich, und es war immer da. Susan wurde es nicht los. Sie hatte schon immer Angst vor Blut gehabt. Sie hält alle scharfen Gegenstände von Fina fern, obwohl Fina doch schon sieben ist und längst Bescheid weiß über Messer und Gläser.

Fina hätte auch krank werden, einen Anfall bekommen können, ersticken, was auch immer. Nachts konnte alles passieren. Susan ist vier Jahre zu Hause geblieben. Und dann, als sie das erste Mal wieder in eine Disko ging, kam sie sich alt vor.

Wenn sie mit jemandem redet, versuchen die Leute immer, sie intensiv anzusehen. Als suchten sie etwas in ihrem Gesicht. Aber Susan sieht nicht auf. Vierundzwanzig ist sie, doch manchmal spricht sie im Tonfall ihres siebenjährigen Kindes.

In ihrem Haus gehen ihr alle aus dem Weg. Sie senken den Blick, und Susan zieht Fina hastig hinter sich her. Sie weiß, daß sie ihr hinterherstarren. Und dann tuscheln sie.

Früher war alles anders. Früher, als sie gerade eingezogen war. Jeder wußte, daß sie schwanger war, obwohl man es nicht sehen konnte. Aber unten im Hausflur stand schon der Kinderwagen. Die Nachbarn sprachen sie neugierig an, ob es denn ein Mädchen oder ein Junge würde. Und die Frau des Musiklehrers hatte ihr ein paar Strampler und ein Winterjäckchen geschenkt. Gelb, mit kleinen Bären und Elefanten drauf. Sie hatte an Susans Tür geklingelt und ihr die Sachen hingehalten, alle ganz neu.

Vielleicht war das der Tag gewesen, an dem alles anfing, dachte Susan. Der Tag, an dem die Tage sich zu wiederholen begannen.

Sie hätte ihr Baby verloren, erzählte sie Susan leise. »Das kommt vor«, hatte sie gesagt, und Susan hatte sie erschrocken angesehen. »Ja, ich hab auch mal gedacht, es sei ungerecht. Aber das stimmt nicht. Es gibt einfach einen Moment im Leben, da geht einem das Wertvollste verloren, und da wird man plötzlich gleichgültig.«

Susan sah auf den Boden.

»Ich … ich will jetzt kein anderes mehr«, fuhr die Frau des Musiklehrers fort. »Ich hatte mich so auf das eine gefreut, und der Gedanke an ein anderes …« Sie schwieg eine Weile. »Es kommt mir wie Betrug vor! Ich glaube, man kann nicht wählen. Sein Leben, meine ich. Man kann es nicht ändern. Wissen Sie, das ist schwer zu erklären. Da geht einem das Wertvollste verloren, doch die Spuren bleiben zurück. Wie Phantomschmerzen. Und mit denen muß man leben. Aber Sie …« Und dann hatte sie versucht, in Susans Gesicht zu sehen.

Susan hatte die Sachen genommen und an sich gedrückt. Sie hatte auf ihre nervöse Art gelacht und auf ihre Hände gestarrt, die den weichen Stoff umkrallten. Kurze Finger, viel zu dick, fast weiß, die Hände eines Kindes. Ich möchte ihr alles sagen, dachte sie. Alles sagen. Ihre Nägel waren schmutzig und abgekaut. Dabei war sie fast achtzehn.

Die Frau des Musiklehrers war klein und hatte einen weichen Mund, der manchmal, wenn sie sprach, aussah, als sei er verletzt worden. Ein Mund, der einen zwang, hinzusehen. Aber Susan sah nicht hin. Sie war schüchtern. Und sie hatte Angst. Die Frau des Musiklehrers hatte helle, unruhige Augen, und etwas war an ihr, was Susan gefiel. Etwas, was sie beide verband. Vielleicht hatte die Frau des Musiklehrers das auch gespürt. Es war mehr gewesen, als sich von der Einsamkeit langsam vergilbender Wäschestücke befreien zu wollen. Sie hätte sie hereinbitten sollen, wußte Susan später, ihr einen Kaffee anbieten und ihr die Wohnung zeigen. Das Kinderbettchen und die Sterne, die sie an die Decke geklebt hatte. Ein bißchen reden. Was man eben so macht, wenn man sich sympathisch ist. Vielleicht wären sie sogar Freundinnen geworden.

Sie hatte nichts gesagt. Und jetzt grüßt die Frau des Musiklehrers sie nicht einmal mehr. Aber daran hat Susan sich gewöhnt. Fast.

Susan ist eine Frau, die auffällt. Dabei ist sie nicht im eigentlichen Sinne schön, das weiß sie. Eher scheint es, als hätte jemand sie modellieren wollen, auf halbem Wege jedoch die Lust verloren und schnell und nachlässig die Arbeit beendet. Die Arme und Beine sind schlank und fest, aber zu kurz. Das Haar ist tiefschwarz, aber zu fein. Es hängt immer wirr herum, wie aufgeschäumt oder elektrisiert, egal, ob sie es kämmt und zu Zöpfen flicht oder nicht. Die Augen sind klar und flatterig. Wenn jemand sie anspricht, antwortet sie atemlos und lacht dabei. Sie kaut Nägel, und ihre Mundwinkel sind eingerissen. Im Spiegel bemerkt sie manchmal eine Wachsamkeit in ihrem Gesicht, die jäh in grundlose Fröhlichkeit umschlagen kann.

Sie arbeitet im Café und bekommt viel Trinkgeld. Warum das so ist, weiß sie nicht genau. Die Gäste kommen und gehen, und manchmal bleiben sie länger, nur um Susan anzustarren. Sie betrachtet sich dann in der Spiegelwand hinter dem Tresen, und ihre Bewegungen schwanken zwischen Überstürztheit und Verzögerung. Ein Gast nannte es hysterische Verträumtheit.

Aber darauf hat sie keinen Einfluß. Wenn sie im Café ist und die Leute bedient, wenn sie hin und her läuft, Gläser poliert, Rechnungen schreibt und lächelt, kommt sie sich manchmal merkwürdig abwesend vor, so, als wäre nur ihr Körper vorhanden.

In solchen Momenten fühlt sie sich fiebrig und betäubt und doch auf eine erschreckende Weise klarsichtig und hat den Eindruck, sie könnte alles erkennen, einfach alles, sich selbst von außen und sogar den Kleber hinter den Tapeten. Dann lacht sie manchmal, einfach so, obwohl sie gar nichts zu lachen hat.
Früher hatten ihr die Nachbarn mit dem Kinderwagen geholfen. Dann nicht mehr. Das war schlimm. Wenig später hatte das Tuscheln angefangen. Das war noch schlimmer.
Fina allerdings hat die Angewohnheit, alle anzusprechen. Sie bleibt vor jedem Nachbarn stehen, und wenn Susan sie weiterziehen will, kreischt Fina empört, so daß Susan ihr den Willen läßt. Fina sieht jeden Nachbarn genau an, faßt an seine Hosenbeine, fragt dies und das: »Warum hast du so viele Haare im Gesicht?« »Wieso riechst du so komisch?« »Was ist denn in dem Beutel da drin?« Susan lächelt immer höflich, aber sie verspürt eine frostige Erregung bei der Stimme ihres Kindes.
Die Nachbarn dachten wohl zuerst, Susan würde mit ihnen scherzen. Doch nach und nach hörten sie auf zu lächeln. Und eines Tages hatten sie auch aufgehört, Susan bei irgendwas zu helfen. Jetzt öffnen sie nicht mal mehr die Tür, wenn Susan sich etwas borgen will: eine Zwiebel oder ein Ei, dabei weiß sie doch genau, daß die Nachbarn zu Hause sind.
Als ob sie vor etwas Angst hätten.

*

Am Anfang hatte sie den Fehler gemacht, ihre Tochter zu verheimlichen, wenn sie jemanden kennenlernte. Es ist doch nicht so wichtig, hatte sie gedacht. Schließlich sagte sie auch nicht sofort, welche Tapete in ihrer Küche klebte oder wieviel Geld auf ihrem Konto war. Das Kind, das gehörte dazu. Zu

Susan. So wie das Geräusch, das ihr Magen machte. Wie ihre Hand. Oder wie eine Erinnerung. Und ob jemand früher oder später davon erfuhr, sollte doch egal sein.

Aber es war nicht egal. Solange Susan Fina nicht erwähnte, war alles ganz einfach. Da war es wie bei allen anderen. Sie wurde angesprochen in der Disko, man lud sie auf einen Drink ein, man stand mit ihr an der Bar und sah ihr in die Augen. Susan war eine Frau, die man oft ansprach. Die Musik hämmerte, alles war wild und erregend. Susan fühlte sich wohl. Vielleicht könnte der es sein, hatte sie gedacht.

Es ging immer so lange gut, bis sie sich nachmittags in einem Café trafen, ab und zu sogar in dem, wo sie arbeitete, und Susan dann auf die Uhr sah und sagte: »Ich muß gehen. Meine Tochter wartet zu Hause.«

Manchmal ging es an dieser Stelle sogar weiter.

Manchmal kamen die fadenscheinigen Ausreden erst später.

Immer öfter fragt sich Susan, wozu Erinnerungen gut sind, wenn man sie nicht wählen kann.

Warum kann ich diesen Tag nicht vergessen, denkt sie jeden Abend vor ihrem Spiegel, diesen Tag auf der Treppe, und alles war voller Blut. Sie betrachtet ihre wie von innen heraus glühende Haut und legt die Hand auf ihren flachen Bauch. Vierundvierzig Stufen, denkt sie, fährt über ihre straffe Haut, unversehrt, berührt ihre Lippen, unversehrt, und alles ist warm und unwiderstehlich und Täuschung.

In solchen Momenten fühlt sie sich verloren, als stecke sie fest in dem engen Raum zwischen zwei versperrten Doppeltüren.

Fina steht vor ihr vor dem Spiegel, jeden Abend, ihre Zöpfe sind aufgelöst, sie hat dasselbe zu feine Haar wie Susan. Manchmal probiert sie Susans Pumps an und stolpert ein paar Schritte hin und her.

In ihre Wohnung hat Susan nie jemanden eingeladen. Sie hat

nicht mal verraten, in welchem Stadtbezirk sie wohnt. Doch dann kam Torsten. Und Torsten wollte Fina kennenlernen.

*

»Die gucken schon wieder so«, sagt Fina und leckt an ihrem Eis. Das blaue Zeug tropft an ihrer Hand runter, und Susan bleibt stehen, nimmt ihr die Tüte aus der Hand, wischt die Finger sauber und leckt dann das überflüssige Eis von der Waffel.

»Laß sie doch gucken«, sagt Susan und gibt Fina die Tüte zurück.

Immer starren die Leute sie an, sobald sie irgendwo auftauchen. Sie starren, wenn Fina sich beim Bäcker nicht gleich entscheiden kann, ob sie lieber Streuselkuchen oder Eierschecke möchte. Sie starren, wenn Fina im Laden alles anfaßt und dann an der Kasse quengelt, weil sie unbedingt ein Überraschungsei will. Aber Kinder sind doch so. Als ob die Leute das nicht wüßten.

Heute abend bekommt sie Besuch. Fina und sie sind auf dem Weg zum Asiaten, denn Susan will kochen.

Manchmal hat sie das Gefühl, sie hätte ein paar Jahre übersprungen, wäre viel älter. Dann fragt sie sich, wie wohl ihr Leben ohne Fina aussehen würde. Ob sie jetzt Studentin wäre und nicht Kellnerin. Ob sie sich an diesem Abend etwas vom Imbiß holen und nicht selbst am Herd stehen und kochen würde. Ob sie überhaupt kochen könnte. Susan hatte Fremdsprachen lernen wollen, aber als Fina da war, hatte sie gemerkt, daß es nicht mehr um sie ging.

Sie hatte alles ganz schnell lernen müssen. Vor allem leben. Leben mit Fina und mit ihrem eigenen Körper, der seitdem wie von Glas durchzogen ist. Leben mit dieser großen Schwäche in ihrer Stimme, die niemand zu bemerken scheint, und

leben auch mit den bösen Träumen, die manchmal ihre Nächte überfluten, Träume, vor denen sie nie sicher ist.
Sie ist zu Hause ausgezogen. Mit ihren Eltern ist sie nie gut klargekommen, und ihr Verhältnis hatte sich noch verschlechtert, als sie von ihrer Schwangerschaft erfuhren.
»Du versaust dir alles!« hatte ihre Mutter gesagt, und dann hatte es jeden Tag Streit gegeben und Diskussionen. Jeden Tag aufs neue.
»Hör mal, du bist viel zu jung dafür«, hatte sie gesagt und sich neben Susan gesetzt. »Es ist nicht der Weltuntergang. Aber sei nicht so blöd wie ich. Du hast die Wahl. Das ganze Leben rauscht an dir vorbei. Du hast keine Ahnung davon, wie oft ich mir das hinterher vorgeworfen hab!« Susan hatte sich ganz steif gemacht, als die Mutter den Arm um sie legte. Das Haar war ihr wirr ins Gesicht gefallen, und sie hatte auf den Enden rumgekaut. »Laß es wegmachen.«
Der Vater hatte nicht mit ihr geredet.
Als Kind hatte Susan immer die Treppenstufen bis zur Wohnung gezählt. Vierundvierzig waren es.
Später war sie ausgezogen. Sie konnte einfach nicht mehr. Die Träume sind geblieben: eine Pfütze Blut, in der Susan ausrutscht.
Sie zieht ein Taschentuch aus ihrer Jacke und wischt Fina das Eis von den Wangen.

*

Torsten hatte darauf gedrungen, endlich ihre Tochter zu sehen. Sie kannten sich damals schon fast ein halbes Jahr, und Susan hatte es verstanden, die ganze Zeit ein Zusammentreffen zu vermeiden. Dabei war er der einzige gewesen, der wirklich an dem Kind interessiert schien.
Torsten hatte schöne Hände und ein schmales, jungenhaftes

Gesicht, das immer bereit war zu lächeln. Er war groß und sanft, und manchmal hatte er sie an sich gezogen, ganz fest, und ihr dann in die Augen gesehen, so lange, bis es ihnen beiden im ganzen Körper weh tat. Und dann hatte Susan es eben darauf ankommen lassen.

Vielleicht könnte er es sein, hatte sie gedacht. Vielleicht würde er es verstehen. »Sie wartet auf mich, auf dem Spielplatz«, hatte sie gesagt.

Fina hat Zöpfe, die Susan früh flicht. Zöpfe mit Erdbeerzopfhaltern. Susan trägt dieselben. Sie hat auch alle Sachen doppelt gekauft. Die Latzhosen, die Pullover mit den runden Ausschnitten, die Strümpfe mit den Nilpferden.

»Warte hier. Ich hol sie«, hatte Susan zu Torsten am Tor gesagt und war den Weg zum Spielplatz runtergelaufen. Nach einer Weile kam sie zurück.

»Mutti, warum haben Bäume keine Beine? Das ist doch gemein. Die können gar nicht weglaufen.«

Der Spielplatz war alt und verlassen. Kein Kind spielte mehr dort. Keine Eltern sahen ihren Töchtern und Söhnen beim Sandkuchenbacken zu. Susan ging jeden Tag mit Fina zu diesem verödeten Spielplatz, denn hier war niemand, der ihr sagte: »Kommen Sie nicht wieder her!«, wie der Geschäftsführer des Supermarkts. Susan hatte Hausverbot in einigen Geschäften und Restaurants ihres Stadtbezirks. Sie durfte auch nicht mehr in den Kindergarten kommen.

Fina sah an Torsten hoch. Sie zog an seinem Hosenbein und fragte: »Was hast du denn da an der Nase?«

Torsten war vor Fina zurückgewichen, schon als sie angerannt kam. Er starrte Susan an, und als Fina nach seiner Hose griff, zog er schnell das Bein weg.

»Torsten?« fragte Susan leise.

Fina hüpfte auf einem Bein in einem Himmel-und-Hölle-Spielfeld. Torsten war bereits aus dem Tor. Rückwärts. »O Gott,

Susan. Das ist grotesk!« sagte er, und seine Stimme schepperte. Susan schluckte. Es war ein Wagnis gewesen, sie ihm zu zeigen. Sie hatte es gewußt, und sie hatte es trotzdem getan. Bitte nicht, dachte sie. Nicht auch du. Ihre Haut war heiß, der Mund Sand. Diese große, übergroße Schwäche. Sie glühte von innen. Alles an ihr sah unversehrt aus, das wußte sie, glänzend die Augen und wie aufgeschäumt das Haar, und alles war eine Täuschung. Nicht schön im wirklichen Sinne. Ich bin so unendlich müde, dachte sie.

»Das ist nicht normal, Susan«, sagte er, und Susan sprang einen Schritt auf ihn zu. Da riß er die Augen auf und wich zurück, als ob er Angst vor ihr hätte. Er starrte auf das rostige Klettergerüst. Kein Mensch war da außer ihnen. Leise und hektisch sagte er: »Es tut mir leid«, drehte sich um und ging.

Susan hatte nichts erwidert. Sie war ihm nicht nachgelaufen, hatte nicht gesagt: »Alles, was Fina passiert, passiert auch mir.« Fina hüpfte unterdessen auf dem anderen Bein, und Susan bekam langsam Seitenstechen.

Jetzt ist sie vorsichtig geworden. Wenn sie jemanden trifft, sagt sie es gleich: »Ich habe eine Tochter.«

Das mit Torsten hatte weh getan. Nicht noch mal, hatte sie damals gedacht, sie will nicht noch mal jemanden verlieren, den sie liebt, weil er ihre Tochter nicht versteht. Sie ist eben kein einzelner Mensch mehr. Sie ist ein Doppelpack mit Zöpfen und Erdbeerzopfhaltern und mit einer Freizeit, die sich vorwiegend in Zoos, auf Spielplätzen und im Kino bei Kinderfilmen abspielt. Sie will keine halben Sachen mehr.

»Ja, und?« fragt manchmal einer.

Und dann denkt Susan: Sie ist nicht wie andere Kinder.

*

Sie hatte eine Wohnung mit drei Zimmern gewollt. Eins für sich. Eins für Fina. Eins für sie beide. Bekommen hatte sie eine Eineinhalb-Zimmer-Wohnung. Sie hätte stärker sein müssen, weiß Susan, aber sie war von jeher leicht einzuschüchtern. Manchmal hatte sie Dinge gemacht, die sie nicht wollte. Zum Beispiel das Kellnern. Sie wollte nie kellnern, aber dann hatte das Arbeitsamt ihr diese Ausbildung angeboten. Und sie hatte sich nicht getraut, nein zu sagen. Sie hatte sich vor der großen Schwäche in ihrer Stimme gefürchtet. Eine Lehrstelle zu bekommen, das war ein unerhörtes Glück, vor allem hier im Osten, und wählerisch darf man da nicht sein – ja, sie hatte den versteckten Tadel sofort gehört. Immer ließ sie sich so verunsichern. Einmal hatte sie etwas gemacht, woran sie nie mehr denken will. Aber sie träumt noch davon.

*

Susan steht beim Asiaten und kauft ein: Yam, Chilischoten, Paprika. Koriander, Lorbeerblätter und Zwiebeln.

Fina steht neben ihr und staunt die gedörrten Enten an.

Susan hat sich das Kochen selbst beigebracht. Aus Kochbüchern. Und heute abend bekommt sie Besuch.

Sie hat Inez ganz unspektakulär kennengelernt – im Supermarkt, vor den Regalen mit den Stofftieren, Puppen und Bausteinen. Inez hatte eine Schachtel mit einer Puppe in der Hand und fing plötzlich an zu lachen. Da hatte Susan hochgesehen.

»Sehen Sie sich das mal an«, hatte Inez gesagt. »Dieses Ding hier, das kann tatsächlich alles: sprechen, im Dunkeln leuchten und pullern!«

»Echt?« hatte Susan gefragt und war nähergekommen.

»Ja, man kann ihr die Flasche geben, und dann kommt alles unten wieder raus.«

»Das ist grotesk«, hatte Susan gesagt. Die Puppe hatte sogar ein pochendes Herz, und es gab eine ganze Kollektion von Kleidern dazu, auch Windeln und Strampler, einen Brautstrauß, Schminke und Ketten, außerdem noch ein Pferd und ein paar Freunde, und Susan hatte die riesige Schachtel einfach aus Inez' Hand genommen, sie ins Regal zurückgestellt und wiederholt: »Das ist grotesk.«

Inez' Augen griffen nach ihr, blau und klar. Susan sah auf den Boden, damit der Blick von ihrem Gesicht rutschte, aber sie spürte ihn dann auf dem Scheitel, spürte das Lächeln und die spöttische Neugier. Sie wird es sehen, dachte sie.

»Wie alt ist Ihre«, hatte Inez dann draußen auf dem Parkplatz gefragt.

Sie soll aufhören, mich so zu betrachten, dachte Susan und spürte die Angst in sich, fein gearbeitet, mit ganz engen Maschen, direkt vor ihrem Herz. Da kam nichts durch. Ich werde nicht hochsehen, dachte sie. Wenn sie mir ins Gesicht sieht, wird sie mit einem Schlag alles wissen.

»Sieben.« Und sie sah hoch.

Da hatte Inez angefangen zu lächeln. »Wie meine.«

Manchmal, wenn der Tag einschläft und die Laken weißer und kühler werden, wenn Susans Haut den Geruch im Schrank vergilbender Wäsche bekommt, wenn ihr nichts mehr geschehen kann, nichts als die Nacht, dann saugt die Erinnerung sie heran. Behutsam, daß sie sich nicht dagegen sträubt. Und wieder befindet sie sich an der Stelle, wo diese Erinnerung sie überrascht hat. Auf der vierundvierzigsten Stufe. Und wieder sieht sie, was sie niemals wieder sehen will und von dem sie doch weiß, daß es in ihrem Gesicht steht. Irgendwo in ihrem Gesicht.

Du hast die Wahl, hatte ihre Mutter gesagt. Aber das stimmte nicht. Denn alles, was Fina passierte, passierte auch ihr.

*

Manchmal schreien Eltern ihre Kinder an. Das kommt vor. Manchmal wissen Eltern sich eben nicht anders zu helfen. Susan drehte sich schnell weg, wenn so was passierte, zog Fina mit sich und hoffte, daß sie es nicht gehört hatte.
Inez' Tochter hieß Klara. Klara war rothaarig wie Inez und genauso neugierig wie Fina. Sie hatten sich schon zweimal zu dritt getroffen: Susan, Inez und Klara.
»Fina ist bei ihrem Vater«, hatte Susan gesagt, als Inez fragte. Und damit war das Thema erledigt.
Sie waren zu dritt auf dem Klettergerüst und hatten sich gehascht. Susan sah auf Klara.
Sieben.
Susan sprang ab, setzte einen Fuß auf eine Gehwegplatte, »eins«, hob den anderen und setzte ihn vorsichtig auf die nächste Platte, »zwei«, man durfte nicht auf die Ränder treten, »drei«, nicht auf die Ränder, das war sehr wichtig, »vier«, manchmal waren die Platten groß, und man mußte springen, »fü-hünf«, dann wieder lagen sie eng aneinander, »sechs, sieben«. Sie sah zu Inez und warf ihr Haar zurück. Ihr Lachen war hoch und klirrte wie die bunten Metallarmreifen, die Fina immer trug. »Sieben Jahre.«
Dann schlenderte sie zur Bank, eine Frau, nicht ausgearbeitet. Sieben. Fina. Meine Tochter, dachte Susan.
Nichts hat sich geändert. Sie sieht immer noch nicht viel anders aus als damals. Zwischen damals und heute liegt nur die Treppe.
Aber in ihrem Haus nennt man sie »die Verrückte«.
Später zog Inez ihr Handgelenk zu sich ran und berührte die Metallarmreifen.
»Schön«, sagte sie, und ihre Augen wollten wieder nach Susans Gesicht greifen. Susan hielt die Luft an.
Diese Sekunden waren wie von Glas durchzogen. So wie sie selbst, Susan. Sie waren so leicht zu brechen, und dann konnte

man sich verletzen. Und jahrelang davon träumen. Von einer Pfütze Blut, in der man ausrutscht.
Sie hatte das Gesicht nicht gehoben.
Sie hatten sich auch allein getroffen. Abends im Kino, als die Töchter schon schliefen. Susan hatte sorgfältig darauf geachtet, daß sie sich nie in ihrem Stadtbezirk trafen, sondern immer am anderen Ende der Stadt. Daß sie dafür einen umständlichen Weg in Kauf nahm, verschwieg sie Inez.
In ihrem Bezirk war sie bekannt wie ein bunter Hund.
Inez hatte den Arm über Susans Lehne gelegt, und es war so dunkel, daß es auch ein Versehen hätte sein können, daß die Hand Susans Haar berührte. Sie drehte sich um. Sie sah Inez direkt an. Es gibt etwas, was ich dir verschwiegen habe, dachte sie, aber das Schummerlicht hatte den Zufall dünn gemacht, und Inez konnte es bestimmt nicht in ihrem Gesicht erkennen.
Sie küßten sich ganz leicht und nur auf die Lippen, und da hatte Susan gedacht: Vielleicht könnte es Inez sein.

*

Es gibt Worte, die zerschneiden alles, sogar wenn man sie nur denkt.
Und manchmal werden sie gesprochen. Von Eltern. Zu Kindern. Laut. Verständlich. »Hätt ich dich damals doch abgetrieben.«
Susan war ganz langsam aufgestanden, hatte die Frau angestarrt, und dann war sie rückwärts weggestakst. Das Wort hatte sie gedacht: staksen. Ihre Beine waren Hölzer gewesen, und sie hatte die Hände auf ihren Bauch gelegt.

*

Auf dem Weg nach Hause starren die Leute wieder.
Fina hat aufgehört zu zählen und balanciert jetzt auf der Kante des Bürgersteigs. Die Arme weit ausgebreitet.
»Ich bin ein Flugzeug«, ruft sie und macht laute Brummgeräusche.
Susan lächelt und sagt: »Paß auf, daß du nicht abstürzt!«
»Mutti, wieso kann ein Flugzeug eigentlich fliegen? Das ist doch aus Eisen.«
»Das sag ich dir zu Hause. Da muß ich selbst erst mal nachgucken.«
Wieso können Vögel auf Stromleitungen sitzen, ohne einen Stromschlag zu kriegen? Warum hat man gerade auf dem Kopf so viele Haare und nicht an den Füßen? Weshalb können Fliegen die Wand langlaufen, ohne runterzufallen, und wieso kann Fina so was nicht?
Finas Reservoir an Fragen, über die Susan noch nie nachgedacht hat, ist unerschöpflich.
»Passen Sie doch auf, wo Sie hinlaufen!« fährt jemand Susan an, gegen den sie versehentlich gestoßen ist.
»Ich bin ein Flugzeug!« ruft Fina ihm hinterher.

*

Zu Hause bereitet sie alles ganz langsam vor. Sie hat das ja noch nie gemacht: jemanden zu sich eingeladen. Und das erste Mal soll kein Reinfall werden. Aber sie ist aufgeregt und atmet schnell. Ihr Zuhause ist ihr Geheimnis. Ihres und Finas.
Der Stromableser und der Klempner machen ihr Angst. Wenn sie in ihre Wohnung kommen, hält sie den Blick gesenkt und alle Türen geschlossen, die nicht unbedingt geöffnet werden müssen.
Fina deckt den Tisch.

Teller, Gläser, Bestecke. Wein, Korkenzieher, einen Untersetzer für die Pfanne, eine Kelle.
Susan weiß, daß der Stromableser und der Klempner von den Nachbarn ausgefragt werden. Beide sind wortkarg bei Susan, weichen ihr aus und weichen vor allem Fina aus, wenn sie neugierig zusehen will und ihre hundert Fragen stellt.
Sie schieben Susan zurück, als ob sie eine ansteckende Krankheit hätte.
Sie schneidet Yam, Paprikaschoten und Chili. Sie hackt Koriander. Sie brät Zwiebeln, Lorbeerblätter und Senfkörner, bevor sie das Gemüse dazugibt. Sie kocht sehr langsam.
Gestern hat sie Inez ihre Adresse aufgeschrieben. Als sie Inez den Zettel reichte, hatten ihre Hände gezittert. Inez hatte gelächelt, den Zettel einmal gefaltet und in ihre Hemdtasche gesteckt.
Sieh mich doch an, hatte Susan gedacht. Sieh dir meine Augen an, meine Nase, meine Lippen. Sieh dir meine Hände an. Es muß doch zu sehen sein!
Inez hatte den Daumen auf ihre Wange gelegt und sanft darübergestrichen. Susan wollte das Gesicht wegdrehen. Da hatte Inez beide Hände um ihr Gesicht gelegt, um die Wangen, das Kinn, ganz darum, und ihre Augen griffen nach ihr.
»Du hast Angst«, hatte sie gesagt, und Susan dachte jäh an einen dunkelroten, schmerzenden Tag, der quer in ihrer Vergangenheit lag und alles versperrte. In Inez' Augen wurde plötzlich alles blau und klar. In ihren Augen wurde auch sie, Susan, wieder blau und klar.
Inez, dachte sie. Es soll Inez sein.
Es ist halb acht. Um acht würde sie da sein. Susan gibt Kokosflocken und Salz hinzu, streut Koriander über das Gericht.
Kurz vor acht geht sie ins Wohnzimmer und zündet die Kerzen an.
Dann sieht sie an sich herunter. Vielleicht sollte ich mich um-

ziehen, denkt sie. Sie trägt dieselben Sachen wie Fina. Eine rote Jeans und ein T-Shirt mit Elefanten. Sie geht zu ihrem Schrank und sucht ein einfaches hellblaues Kleid raus. Im Bad zieht sie den Lippenstift nach und besprüht sich ein bißchen mit Parfum. Dann setzt sie sich in die Wohnstube und wartet.
Fina sitzt vor ihr. Sie ist sehr still heute abend.
Sie wird es verstehen, denkt Susan. Sie wird dich verstehen.
Die Uhr fängt an zu schlagen.

*

Halb zehn bläst sie die Kerzen aus.
Fina schläft.
Inez ist nicht gekommen.
Susan legt ihren Kopf auf Finas Bett und streicht ihr eine verschwitzte Locke aus der Stirn. Sie streichelt Finas Hand, die sofort nach ihrer greift und sie festhält im Schlaf. Sie ist wie eine Erweiterung meines Körpers, denkt Susan.
Finas Atem ist kaum zu hören.
»Sie hätte dich sehen wollen.«
Sie spürt eine frostige Erregung beim Klang ihrer eigenen Stimme.
»Und sie hätte dich bestimmt nicht erkannt. Vielleicht hätte sie die Tür laut zugeschlagen. Aber ich kann es nicht … ich kann es einfach nicht mehr.«
Sie steht auf und löscht das Nachtlicht. Die aufgeklebten Sterne an der Decke leuchten.
Es ist, als hätte mir der Tag damals die Hände abgehackt, denkt sie.
»Sie ist doch Mutter. Wie soll sie mir das verzeihen?«
Damals hatte sie gedacht: Vielleicht sterbe auch ich dabei. Sie hatte sich einfach fallenlassen. Die ganzen vierundvierzig Treppenstufen.

Sie blickt auf Finas Decke und erkennt auf einmal Bewegungen über dem Stoff, vage Umrisse, die zu flüstern anfangen. Bis auf dem weißen Leinen Inez' Bild erscheint. Inez, die durch die Nacht läuft. Ich habe wirklich geglaubt, sie würde es trotzdem finden, denkt Susan. Die Adresse, die sie aufgeschrieben hatte, befindet sich in einem weit entfernten Bezirk, am anderen Ende der Stadt.
Sie zieht die Decke über dem leeren Kinderbett gerade, setzt sich ins Wohnzimmer und raucht.

Der Mann am Nebentisch

Sie waren schon am Abend ihrer Ankunft erledigt.
Sie hatten den Zweiertisch am Fenster. Man sah sie nur zusammen, niemals einzeln. Während des Essens zeigte er manchmal in den Garten und sagte etwas, und sie hob den Kopf und sah aufmerksam hinaus. Dann saßen sie eine Weile reglos, beide mit gesenkten Gabeln.
Ulrich hatte immer auf denselben Punkt gesehen und versucht herauszufinden, was ihre Aufmerksamkeit fesselte. Aber da war nichts. Da waren nur die großen tönernen Töpfe mit Eisenhut und Rittersporn.

*

Sie hießen Liane und Nicolas Heinauer.
Ulrich hatte im Hotelbuch nachgesehen.
Am ersten Abend trug sie Rot und er Blau. An den folgenden Tagen war es umgekehrt.
Sie hatte hohe Wangenknochen, die Schatten legten, wenn sie sich über die Kerze beugte, um ihm etwas zuzuflüstern und leise zu lachen. Er trug das Haar kurz, und manchmal fiel ihm eine blonde Strähne in die Stirn.
Ulrich sah sich unauffällig im Raum um. Die Gespräche an den anderen Tischen waren seit dem Auftauchen der beiden Heinauers leiser geworden. Da war er sich sicher. Immer wieder wanderten die Blicke zu dem Zweiertisch am Fenster. Ulrich fragte sich, ob sie in diesem Moment dasselbe gesehen haben wie er: Nicolas Heinauer, neben ihr im Bett, mit der Hand auf ihrem Schenkel, und Liane Heinauer, die ihm sanft eine Strähne aus dem Gesicht streicht und ihre Finger auf seiner Stirn liegenläßt.

Einmal war der Zweiertisch besetzt. Ein Fehler des Kellners, oder das neue Paar hatte nicht gewußt, daß es in diesem Hotel eine feste Sitzordnung gab.
Frau und Herr Heinauer kamen herein, sahen zu ihrem Tisch, dann in den Raum. Sie sagten nichts. Alle Blicke waren auf die Teller gerichtet. Doch die Augenwinkel waren aufmerksam. Da war er, Ulrich, sich sicher.
Sobald die Heinauers hereinkamen, hatte Ulrich das Gefühl, der Raum würde sich verkleinern und die Möbel würden sich aufblähen. Dann hörte er auf zu essen und starrte sie an. Angela zupfte ihn am Ärmel, aber er ignorierte sie. Wenn er schließlich wieder anfing zu essen, war alles schon kalt.
Nicolas Heinauer wies auf zwei freie Plätze an einem Vierertisch in der Mitte, und Liane Heinauer legte ihren Arm leicht auf seinen, als er sie quer durch den Raum führte. Ulrich weiß noch, daß er in diesem Moment dachte: Sie werden alles anstoßen und umwerfen. Die Tische und Stühle sind zu groß. Die Wände stehen zu eng. Herr Heinauer wird stolpern, die Pflanzenkübel mit den Palmen werden quer über das Parkett rollen, und die Erde wird herausquellen. Frau Heinauer wird mit einer Öse ihres Kleids an einer Tischdecke hängenbleiben, sie wie eine Schleppe hinter sich herziehen, und hinter ihr wird das Geschirr auf den Boden scheppern, das Silber, die Gläser, die Sektflaschen.
Er, Ulrich, haßte kaltes Essen. Er rief laut nach dem Kellner. Angelas Hand auf seinem Ärmel schüttelte er ab.
Sie setzten sich an den Vierertisch und sahen sich nicht an. Das andere Paar redete, und die Heinauers schwiegen aufmerksam. Wenn sie den Heinauers eine Frage stellten, sahen die beiden auf und antworteten sehr freundlich in Einwortsätzen. Er, Ulrich, hatte nicht verstehen können, worum es ging. Vielleicht saß er zu weit weg. Oder Angela klapperte zu laut mit dem Besteck.

Am nächsten Tag war der Zweiertisch am Fenster wieder frei, und sie nahmen ihre Plätze ein, als sei nichts geschehen. Sie legten die Hände neben die Servietten und warteten auf den Kellner. Nicolas Heinauer wies mit dem Kopf nach draußen in den Garten, und beide sahen aufmerksam auf etwas, was Ulrich einfach nicht erkennen konnte.
Die Hände waren lang und schmal.

*

Was wohl aus ihnen geworden ist, fragt Ulrich sich immer öfter. Dort, wo sie jetzt sind. Ob sie sich hin und wieder sehen dürfen? Beide auf einem Stuhl, und dazwischen eine Glaswand.
Die ganze Geschichte hat in diesem Hotel begonnen. Aber die Fortsetzung kann Ulrich nur erahnen. Jetzt stört ihn das. Jetzt wäre er sich gern sicher.
Vielleicht rufen sie ja einmal in der Woche zu einer bestimmten Minute dieselbe Nummer an, stellt er sich vor, lassen das Telefon lange ins Leere klingeln, bis der Anrufbeantworter mit ihren eigenen Stimmen anspringt, und wenn einer dann das Besetztzeichen hört, weiß er wieder von der Existenz des anderen.
Nein – Ulrich bereut nichts.

*

Als er nach ein paar Gläsern in der Lounge die Treppen hochstieg, wandte er sich in der zweiten Etage nach rechts und schlenderte den Gang entlang. Die Heinauers hatten das Zimmer 201.
Er stand vor der Tür und starrte lange das Holz an.

*

Sie machten nicht nur ihn, Ulrich, nervös. Er hatte es genau beobachtet. Die Heinauers stifteten Unruhe, wo immer sie auftauchten. Im Garten, auf der Terrasse, jeder mit einem Buch in der Hand, oder eben beim Abendessen.
Sogar Angela ließ das alles nicht kalt, denn sie legte ihm die Finger auf den Ärmel und flüsterte: »Starr doch nicht so dahin, Ulrich.«
Die Art, in der Angela ihm seit Jahren die Finger auf den Ärmel legte, war ihm zuwider.
»Ich glaube es einfach nicht!« flüsterte Ulrich. »Warum sehen sich das alle so ruhig mit an?«
Er griff nach seinem Glas. Dabei rutschten Angelas Finger runter und blieben kurz auf der Tischplatte liegen, bis sie sie auf ihren Schoß zog. Beim Trinken sah er zu den Heinauers.
Im Grunde war ja nichts an ihnen. Sie waren nicht laut, drängten sich niemandem auf, hatten auch keine Kinder, die einem mit ihrem Gebrüll auf die Nerven gehen könnten. Aber sie kamen auch nie wie die anderen nach dem Abendessen in die Lounge, um etwas zu trinken oder Roulette zu spielen. Sie lagen nie am Strand.
Und sie machten ihn, Ulrich, wütend.

*

Die Tür klemmte wieder, und mit einem harten Schlag stieß er sie auf. Angela schlief schon. Natürlich. Nie wartete sie auf ihn. Auch beim Essen nicht. Sie bestellt, während er auf dem Klo ist. Sie bestellt ihre Spatzenportionen, was ihn nervt, weil sie viel zu schnell damit fertig ist und dann anfängt zu rauchen.
Es macht ihn wahnsinnig, wenn Angela anfängt zu rauchen, noch während er ißt. Er bekommt Kopfschmerzen davon. Au-

ßerdem verbreitet sie dann so eine Hektik. Sie zündet eine Zigarette an und drückt sie nach drei Zügen wieder aus. »Wir sind im Urlaub, Angela«, hatte er heute durch die Zähne gezischt, »kannst du nicht einmal im Urlaub Rücksicht nehmen?« Sie hatte die Zigarette sofort ausgedrückt und zwei Minuten später eine neue angemacht.
Sie lag und schlief. Oder tat so. Das ganze Zimmer stank nach ihrer Nachtcreme. Er fand es ekelhaft, daß sie seit einiger Zeit so aus dem Bad kam, mit glänzendem Gesicht, und ihm dann einen fettigen Kuß gab.
Er gab sich keine Mühe, leise zu sein. Er ging ins Bad und schaltete das Licht an. Ihr Kleid war vom Ständer gerutscht. Als er sich die Zähne putzte, stellte er sich auf den Stoff.

*

Nein, Ulrich bereut nichts. Wenn er es nicht getan hätte, wäre es ein anderer gewesen. Oder eben nicht. Man muß doch etwas unternehmen, hatte er gedacht. Etwas unternehmen, während er sich vor dem Spiegel rasierte und sich dabei vorstellte, daß Nicolas Heinauer in diesem Augenblick genauso vor dem Spiegel stand und sorgfältig den Schaum auf die Wangen und das Kinn auftrug. Irgend etwas unternehmen, während er mit Angela durch die Gegend streifte und sie wie so oft in letzter Zeit schwiegen. Unbedingt irgend etwas unternehmen, während er neben ihr lag und angestrengt versuchte, ihren Atem zu ignorieren.
Ob sie wissen, daß er es war, fragt er sich jetzt. Ob sie sich überhaupt noch an ihn, Ulrich, erinnern können? An den Mann am Nebentisch.

*

»Es ist mir wirklich egal«, hatte sie gesagt, als er zwei Wanderrouten vorgeschlagen hat. »Was dir lieber ist. Mir ist es recht. Du weißt doch.«
Wie er diese Sätze haßte. Seit Jahren sagte sie dieselben Sätze.
Wie die anderen sie wohl sehen, dachte Ulrich. Angela, mit ihrem schwarzen, streng zum Knoten gesteckten Haar, in dem sich schon einige silberne Fäden fanden. In ihren langen, gerade geschnittenen Kleidern. Die Fältchen um ihre Mundwinkel waren tiefer geworden und ließen sie noch unnahbarer als früher erscheinen. Und wie sie ihn wohl sehen mochten, Ulrich, neben ihr, offensichtlich jünger, zwölf Jahre jünger, um genau zu sein, dachte er. Den Bauchansatz hatte er sich im letzten Winter erfolgreich abtrainiert.
Als er sie vor acht Jahren geheiratet hatte, war das ein kleiner Skandal gewesen. Die Frau Doktor, hatten seine Freunde gelästert. Aber er wußte, daß sie ihn beneideten. Die ganze Seminargruppe war verschossen gewesen in Frau Dr. Bernhardt. Aber er, Ulrich, hatte das Rennen gemacht.
Jetzt ist er dreißig und sie zweiundvierzig.
Sie trottete hinter ihm her, den Kopf gesenkt. Früher war sie nie so langsam gewesen. Da waren sie nebeneinander gelaufen, hatten stundenlang geredet und meistens vergessen, etwas zu essen mitzunehmen.
Früher ist schon lange her.
Sie sah keinmal auf. Wahrscheinlich ist es ihr wirklich egal, wo sie langlaufen, dachte er.
Er blieb in der Mitte der Hängebrücke stehen und sah hinunter. Das Wasser tobte unter seinen Füßen. Das sind mindestens zwanzig Meter, dachte er und spürte so ein Ziehen in sich. Als ob Wind durch seine Knochen strich. Sie blieb neben ihm stehen und starrte auf denselben Punkt wie er. Sie schwieg. Am Morgen hatte sie Brote geschmiert und Saft eingepackt.

»Schön, ja?« sagte er, und sie nickte abwesend. Es waren zwanzig Meter. Mindestens. Allein für dieses Nicken hätte er sie am liebsten geschüttelt: »Mach doch mal die Augen auf! Du siehst ja gar nichts!«

Nicolas Heinauer hatte Liane Heinauer gestern abend irgendwas aus dem Haar gezupft. Einen Fussel vielleicht. Oder Sand. In ihrem hellen Haar fiel Sand nicht gleich auf. Jedenfalls hatte er, Ulrich, nichts gesehen. Ja, wahrscheinlich war es Sand, dachte er bitter.

Immer dachte er sich die Touren aus, und sie lief einfach mit. Am Anfang hatte ihm das gefallen. Am Anfang – das war, als er zweiundzwanzig war und sie das erste Mal zusammen wegfuhren, mit dem Zelt. Er hatte ihr morgens den Kaffee in einen großen Becher gegossen, aus dem sie dann beide tranken. Sie hatte den Becher in beiden Händen gehalten und ihn angelächelt, während sie kleine Schlucke nahm. Ihr Haar war verwuschelt gewesen von der Nacht. Sie hatte gesagt: »Und ich habe schon fast vergessen, wie das ist« und ihm dann die Finger auf den Ärmel gelegt. Damals hatte er gedacht, er würde den Pullover nie mehr waschen.

Er hielt sich an der Kette fest und brachte die Brücke aus Spaß ein bißchen zum Schwingen. Sie reagierte gar nicht. Vor zwei Tagen hatte er sich geweigert, einen Vorschlag zu machen, nachdem sie ihm wieder mal nicht sagen konnte, worauf sie Lust hatte. Ja, er, Ulrich, hatte sich einfach geweigert, sich etwas auszudenken, und hatte gesagt: »Gut, wenn du nicht weißt, was du machen willst, dann bleiben wir eben hier.« Sie hatte ihn angelächelt. »Wenn es dir lieber ist. Wir können ruhig mal einen Tag hierbleiben. Zum Ausruhen. Mir ist es recht. Ich habe sowieso noch ein bißchen was zu arbeiten.«

Liane Heinauer hatte leise gelacht und ihren Kopf stillgehalten, während er den Sand rauszupfte. Sie trug ihr Haar immer ziemlich unordentlich. Das war ihm, Ulrich, gestern abend zum ersten Mal aufgefallen. Als ob sie sich nicht kämmen würde.

Unter ihnen tobte das Wasser. Rechts und links waren die Felsen. Die Brücke schwankte. Sie hielt sich an der Kette fest, und dann hob sie den Kopf und sah ihn an. Ein paar Härchen hatten sich aus dem Knoten gestohlen und standen in der Luft. »Sieh mal, Hörner!« hatte sie früher manchmal gesagt und auf ihren Schatten gewiesen. Darüber hatte er immer lachen müssen.

Sie sah ihn sehr aufmerksam an, ließ die Kette los und ging mit festen Schritten über die Brücke.

Sie hatte dann den ganzen Tag auf einer weißen Plasteliege unten am Hotelpool gelegen, in ihren Unterlagen geblättert und gekritzelt, mit ihrer schwarzen Brille auf der Nase, die sie sonst nur in der Uni trug. Nicht mal die drei Schritte bis zum Meer war sie gegangen, dachte Ulrich. Und plötzlich wußte er: Wenn er heute nicht vorgeschlagen hätte zu wandern, hätte sie den ganzen Urlaub auf dieser weißen Plasteliege verbracht. Und wahrscheinlich hätte sie nicht mal was vermißt.

*

Er hätte so gern ihre Gesichter gesehen. Vor allem ihres. Liane Heinauers Gesicht mit den grünen Augen, die immer so aufmerksam Nicolas Heinauer angesehen hatten, wenn er mit ihr sprach. Und ihre Hände. Ganz sicher haben sie nicht mehr so kokett ins Haar gegriffen, eine Strähne aus dem unordentlichen Zopf gezogen und sie zwischen zwei Fingerspitzen gezwirbelt. Er kann nur ahnen, wie es war, und er sieht, daß die schmalen Hände vor ihr auf dem Tisch gelegen haben, und vielleicht haben sie sogar ein bißchen gezittert.

Das Zwirbeln hatte ihn, Ulrich, mit jedem Tag wütender gemacht.
Oder nein, denkt er, er hätte eigentlich lieber ihn gesehen. Nicolas Heinauer, wie er saß, auf der anderen Seite, ihr gegenüber, und wie sein Blick manchmal unsicher über sie gegangen ist. Er stellt sich vor, wie Nicolas Heinauer dann sprechen mußte, und wie seine Stimme deutlich hörbar war im Raum und nicht so ein unverständliches Flüstern wie damals, wenn er ihr etwas da draußen im Garten gezeigt hat, was er, Ulrich, nie gesehen hat.

*

Ulrich hat schon immer gern fotografiert. Angela schlief im Urlaub meist länger als er, und er hatte sich angewöhnt, vor dem Frühstück auf Motivjagd zu gehen.
Bei einem dieser Streifzüge hatte er die beiden aufgespürt. Es war nur ein Zufall, sagt er sich. Er hatte sie wirklich nicht gesucht. Aber komisch war es schon gewesen, daß sie nie am Strand lagen wie die anderen. Weswegen waren sie sonst hierhergekommen. In dieses Strandhotel, wo es keine andere Ablenkung gab als das Meer.
Sie saßen in der Bucht auf einem der Handtücher aus dem Hotel. Sie im blauen Bikini und er in einer roten Badehose. Sie redeten wenig. Er warf ab und zu einen Stein ins Wasser, und sie sah hinterher. Sie hatten ihn nicht bemerkt, da ist Ulrich sich sicher. Er war ja auch gleich bei den Bäumen stehengeblieben. Sie saßen ziemlich nah beieinander. Als sie dann aufstanden und ins Wasser gingen, hatte er die Kamera auf sie gerichtet. Er hatte ihre Rücken mit dem Zoom ganz nah rangeholt.
Und dann hatte er es plötzlich entdeckt.
Vor Aufregung hatte er ein bißchen zu schwitzen begonnen.

Daß es so etwas Einfaches ist, hatte er noch gedacht, bevor er auf den Auslöser drückte. Deshalb also. Deshalb lagen sie nie mit den anderen am Strand.
Zum Frühstück nahm er Rührei.

*

Sie hatten keine Kinder, Angela und er. In den ersten Jahren ihrer Ehe hatte sie keine gewollt. Wegen der Stelle an der Uni, sagte sie. Und Ulrich hatte ja noch mitten in der Ausbildung gesteckt. Später hatte es dann nicht geklappt. Jetzt war sie zweiundvierzig, und das Risiko wäre zu hoch, meinte der Arzt. Dabei hätte er gern Kinder gehabt.
Die Heinauers hatten auch keine Kinder.
Angela nahm die Pille, und wenn er mit ihr schlief, stellte er sich immer öfter vor, wie ein Hund gegen eine Wand zu pissen.
In dem Hotel damals war dieser Satz zum ersten Mal aufgetaucht, und er war ein bißchen erschrocken gewesen. Schließlich waren sie seit acht Jahren verheiratet, und er liebte sie doch. Irgendwie.
Er war spät aus dem Garten ins Zimmer gekommen und hatte die Kamera leise pfeifend auf den Tisch gelegt. Er hatte ihre Nachtcreme gerochen und versucht, nicht darüber nachzudenken. Sie schlief, als er unter die Decke kroch, oder sie tat so, und er hatte die Hand auf ihre Brust gelegt und sie angesehen. Zweiundvierzig und immer noch attraktiv. Vor allem, wenn sie so im Bett lag, mit dem schwarzen Nachthemd, das ein bißchen über ihrer Brust verrutscht war. Er hatte angefangen, sie zu streicheln, und als sie die Augen öffnete und mit schläfriger Stimme »Ach, Ulrich« murmelte, hatte er wieder Liane und Nicolas Heinauer vor Augen. In einem Zimmer, das genauso aussah wie ihres, in demselben Bett, und da war er

sich einen Moment lang nicht mehr sicher gewesen, wer er eigentlich war. Ob er nicht einfach etwas imitierte, was hundert Leute vor ihm in diesem Bett getan hatten und was Liane und Nicolas Heinauer, wie er wußte, gerade taten. Er schob ihr das Nachthemd hoch, griff unter ihren Hintern und hob sie an. Sie spreizte die Beine weit, so, wie er es mochte. Sie war weich und nachgiebig vom Schlaf, und als er in sie hineinfuhr, wollte sie die Augen schließen. Da hatte er in ihr Haar gegriffen und sie angeherrscht: »Sieh mich an dabei!«, und sie hatte erschrocken die Augen aufgerissen, denn das hatte er noch nie gesagt. Während er zustieß, hatte er sie fest in eine Brustwarze gekniffen, und sie zuckte zusammen und hatte gestöhnt. Sag es, hatte er gedacht und ihr in die Augen gesehen, sag es endlich. Nenn mich Nicolas. Sie hatte geschwiegen.
Als er kam, hatte er gedacht: wie ein Hund.

*

Vielleicht wäre es nie so weit gekommen, wenn diese Heinauers von Anfang an Hand in Hand beim Abendessen aufgetaucht wären, wenn er sich über den Tisch gebeugt und sie lange geküßt hätte. Oder eben – wenn sie wie alle zum Strand gegangen wären und sie ihm beim Eincremen mal an den Hintern gefaßt hätte. Niemand hätte sich darum gekümmert. Im Gegenteil. Man hätte ein bißchen verschämt weggeguckt. Vielleicht wäre sogar ihm, Ulrich, dann nichts Ungewöhnliches aufgefallen.
Aber nein. Sie saßen sich jeden Abend gegenüber, er zeigte in den Garten, sie senkte die Gabel und sah auf etwas, was es garantiert gar nicht gab, und dann lächelten sie auch noch darüber. Sie hatten alle damit verrückt gemacht.
Es war diese Abwesenheit von Intimität. Diese Geheimniskrämerei. Man konnte ja gar nicht anders, als über sie nachden-

ken. Man fing zwangsläufig an, ihnen auf die Spur zu kommen. Was machten sie auch in diesem gottverdammt biederen Hotel, weitab von jeder Zivilisation, wo sie beide doch höchstens fünfundzwanzig waren? Sie waren selbst schuld. Mit fünfundzwanzig fliegt man nach Australien. Man mietet sich ein Motorrad und durchquert Amerika. Man wandert den Äquator entlang und schläft auf Zeltplätzen. Aber man fährt nicht für zwei Wochen in so ein abgelegenes Hotel mit fester Sitzordnung und allabendlichem Viergängemenü, in dem alle Gäste, von Ulrich mal abgesehen, mindestens vierzig waren.

*

Vielleicht wird er sich scheiden lassen, denkt Ulrich. Sie nimmt ihm die Sache mit den Heinauers übel. Sie hat sein Bett zu Hause ins Wohnzimmer geräumt. Sie nimmt es ihm übel, daß er noch mehr Fotos gemacht hatte. Und bessere als die an der Bucht. Vor allem die, die er vom Garten aus gemacht hat, gleich neben den großen tönernen Töpfen mit Eisenhut und Rittersporn, von wo aus der Blick direkt ins Zimmer 201 ging. Die nimmt sie ihm besonders übel. Dabei waren genau diese Fotos die nicht widerlegbaren Beweisstücke.

Vielleicht wird er sich scheiden lassen. Er ist erst dreißig, und sie wird immer älter.

Alle anderen waren über die ganze Schweinerei genauso empört gewesen. Sie haben hinter ihren Hoteltüren darüber geredet. Da ist er sich sicher. Sie hatten alle gewußt, daß bei den Heinauers etwas nicht stimmte.

Ein lächerliches Muttermal. Sichelförmig. Links über der Hüfte, bei beiden an derselben Stelle.

Sie wußten es alle, doch keiner war mutig genug gewesen, die Sache zu Ende zu führen. Aber er, Ulrich, hatte es getan.

Er hatte sie angezeigt.

Der Teich

Seit die Sache mit Franz passiert ist, scheint es, als habe Emil die Fähigkeit zu sprechen nun endgültig verloren.
Dabei ist Emil nicht dumm. Er versteht alles. Er saß oft in der Ecke, während Rainer und sie sich unterhielten, und spielte mit Lobi, seinem Stoffbär, und er war so still dabei, daß sie mehr als einmal vergessen hatte, ihn ins Bett zu bringen. Erst als ihr Blick zufällig auf ihn fiel, hatte sie sich wieder an ihn erinnert. Dann begegnete sie seinen Augen, sah, wie er sie beide beobachtete und Lobi dabei auf dem Boden hin und her schob, ohne ihn anzusehen. Das ist nicht normal, war ihr durch den Kopf gegangen, kein Kind spielt so.
Sogar Rainer hatte etwas bemerkt, denn er hatte sie gefragt, ob Emil vielleicht auf Franz eifersüchtig wäre. Sie hatte mit den Schultern gezuckt. Wer weiß schon, was in so einem Kinderkopf vor sich geht.
Wenn Emil eine gefüllte Badewanne sieht, fängt er an zu schreien. Anders als vorher läßt Lydia es durchgehen. Sie füllt Emil das Waschbecken, und dann läßt sie ihn im Bad allein.
Nächste Woche kommt er ins Heim.

*

Emil saß in Franz' Zimmer und spielte mit seinem Feuerwehrauto. Franz schlief, und Emil war sehr leise. Er fuhr mit der Feuerwehr zur Gießkanne und sah hinein. Im Wasser paddelte eine Fliege und ein Ding mit dünnen, bunten Flügeln.
Er fuhr die Leiter aus, bis zum Rand der Kanne. Dann ließ er den Feuerwehrmann hochklettern.
Er mag den Kindergarten nicht. Mittags müssen sie immer schlafen. Das ist fast so schlimm wie Baden. Am Anfang lag er

ganz still da, aber er hatte die Augen nicht zugemacht. Tante Ina ging zwischen den Liegen rum und legte ihm einfach sein Hemd aufs Gesicht. »Schlaf«, sagte sie.
Der Feuerwehrmann beugte sich über den Gießkannenrand und fischte die zwei Insekten aus dem Wasser. Dann trug er sie aufs Fensterbrett, wo sie in der Sonne trockneten.
Jetzt weinte er immer, wenn das Mittagessen vorbei war. Dann wurden die Liegen aufgestellt. Tante Ina zog ihm die Decke hoch, bis zum Kinn. Sie fragte: »Aber Emil, warum weinst du denn? Du darfst auch als erster auf die Schaukel, nachher.« Da konnte er gar nicht mehr aufhören. Sie beugte sich über ihn und streichelte seine Wange. »Willst du denn, daß ich deinen Eltern sage, wie ungezogen du bist?« Tante Ina war lieb. Sie hatte ganz weiches, schwarzes Haar. Aber wenn sie sich so über ihn beugte, dann fiel es Emil ins Gesicht, und er mußte schreien, weil er nichts mehr sah.
Die Fliege summte auf dem Fensterbrett, hüpfte ein paarmal und flog dann weg. Das Ding mit den dünnen, bunten Flügeln war tot.
Nach ein paar Tagen stand seine Liege im Zimmer der Putzfrauen. Zwischen dem Bohnerwachs, den Besen und den Kartons mit Seife war er ganz allein. Doch die Tür stand immer ein bißchen offen, und Emil kroch bis zum Fenster, zog sich hoch und sah hinaus.
Weit hinter dem Zaun stand ihr Haus. Er konnte nur das Dach sehen. Dahinter war der Teich. Er durfte nicht schlafen. Er durfte auf keinen Fall einschlafen. Er mußte auf Franz aufpassen.

*

Erst vor kurzem ist Lydia aufgefallen, daß Spielsachen verschwunden sind. Nicht irgendwelche Spielsachen, sondern

Emils Lieblingssachen: Lobi, das Feuerwehrauto, das Tierhaus mit den Katzen und Ziegen. Und wer weiß, was noch alles. Kurz war der Gedanke aufgezuckt, daß Rainer was damit zu tun haben könnte. Doch das war absurd.
Emil hatte verbockt in der Ecke gestanden, auf den Boden gestarrt und kein Wort gesagt.
Mit Rainer kann sie darüber nicht reden. Er hätte für alles eine plausible Erklärung. Was man nicht sehen kann, gibt es nicht. Und Geister schon gar nicht.
Doch sie sind hier irgendwo. Nachts hört Lydia sie über den Teppich huschen. Unten im Wohnzimmer klirren die Glastüren des Schranks, wenn sie zu nah daran vorbeigehen. Über ihrem Kopf trappeln sie durch den Dachboden. Und manchmal hört sie ganz früh am Morgen die Wiege im Nebenzimmer knarren, immer hin und her, obwohl das gar nicht sein kann.
Vielleicht hätte sie Emil mal schütteln und auf eine Antwort bestehen müssen. Vielleicht hätte Rainer ihr dann geglaubt. Vielleicht wären sie endlich hier weggezogen. Aber Lydia hatte sich geschworen, ihre Kinder weder anzuschreien noch zu schlagen. Und sie war doch seine Mutter. Ich *bin* seine Mutter, korrigiert sie sich.
Es gab so viele Gelegenheiten, wo sie hätte aufmerken müssen. Da war zum Beispiel dieser Abendspaziergang, als es angefangen hatte zu regnen.
Das letzte Stück bis zum Haus waren sie gerannt. Emil war aus der Jacke geschlüpft und hatte sie über den Kopf gezogen. Die Ärmel waren hinter ihm hergeweht wie Flügel.
Vor der Tür hatte Lydia den Schlüssel nicht gleich gefunden. Emil hatte sich unter den Dachfirst gedrängt und war schnell ins Haus gehuscht, als die Tür endlich offen war. Drinnen hatte er die Schuhe ausgezogen, sie in die Küche gebracht und auf eine Zeitung gestellt, gleich unter die Heizung.

Lydia war in den Keller runtergegangen. Es war lächerlich, sich im Keller zu fürchten, und sie brauchte die Zwiebeln und Kartoffeln aus der Kiepe fürs Abendessen. Es gab Gemüseeintopf mit viel Butter und zum Nachtisch Schokoladenpudding. Rainer mochte Gemüseeintopf am liebsten.
Emil war sofort zu Franz ins Zimmer gelaufen.

*

»Ich bring ihn um«, hatte der Murgor am Teich gesagt. »Also komm her, sonst bring ich ihn um.« Und Emil war zu dem Murgor hingegangen.

*

Lydia raucht zu viel. Sie sitzt im Sessel. Schon seit einer Stunde liegt das Buch aufgeschlagen auf ihrem Schoß. Sie liest nicht. Die einzige Bewegung ist die ihrer Hand vom Mund zum Ascher. Sie hört auf das Kratzen von Rainers Füllfederhalter.
Rainer sitzt am Schreibtisch und arbeitet. Seit der Sache mit Franz arbeitet er nahezu ununterbrochen. Am Abendbrottisch sitzt er wie versteinert. Sogar zu Lydia sagt er kaum was. Als wäre sein Schmerz größer als ihrer. Das Gespräch beschränkt sich auf »Reichst du mir mal die Butter?«, »Hast du den Brief der Psychologin gelesen?« oder »Schick ihn ins Bett.«
Er spricht Emil nicht mal mehr mit seinem Namen an.
Der Ascher ist schon voll. Lydia starrt in die Luft. Dann zündet sie eine neue Zigarette an.

*

Sie sieht aus dem Fenster über die große Wiese mit dem Sandkasten und der Schaukel, die sie extra für Emil hatten bauen lassen. Der Kastanienbaum wirft seinen riesigen Schatten über alles.

Als Lydia das zweite Mal schwanger war, hatten sie das Haus gekauft. Wegen der Kinder. Die hätten es besser auf dem Land als in der Stadtwohnung, hatte Rainer gesagt.

Am Anfang fand sie das Haus wunderbar. Es knackte zwar in den Wänden, aber das hatte sie nicht gestört. Wenn sie im Bett angefangen hatte zu flüstern: »Horch mal, die Geister sind wieder da, sie tanzen«, hatte Rainer sie grinsend zu sich gezogen und gesagt: »Wie ich deine blühende Phantasie mag.« Und dann hatten sie gemeinsam gelauscht, irgendwann die Decke über die Köpfe gezogen und darunter gekichert wie Kinder.

Die Angst kam ganz langsam. Und jetzt kann Lydia sich nicht mehr vorstellen, einmal unbeschwert hier gewohnt zu haben. Bei jedem Geräusch zuckt sie zusammen und fragt sich, was für Geschöpfe hinter den Tapeten ihr Unwesen treiben. Und ob sie irgendwann mal die Mauern ausgehöhlt hätten und das ganze Haus dann über ihnen zusammenfallen würde. Rainer kann sie das nicht sagen.

Rainer war tagsüber in der Stadt im Institut. Lydia hatte die ganze Zeit mit den Kindern im Haus verbracht. Und in dem dunklen Garten. Ins Dorf geht sie nicht gern. Die Leute verstehen sie nicht, und Lydia versteht es nicht, mit ihnen zu reden. Die Gespräche beginnen immer mit »Was arbeitet denn Ihr Mann?«, und sie kann es nicht erklären.

Biotechnologie – ein einziges Mal war das Wort gefallen, und seitdem spürt sie die Abneigung. Sie ist von Anfang an zu schwach gewesen zu erklären, daß Rainers Institut ein Programm zur globalen Ernährungssicherung erarbeitet. Wie sollte sie denn mitten im Fleischerladen, vor der Auslage mit zwanzig Wurstsorten, vor den an den Wänden baumelnden

Salamis, vor allem aber vor einer rundlichen Frau mit blauweißer Schürze und rotem Nacken erklären, daß solche Forschungen helfen, Armut zu bekämpfen? Wie hätte Lydia überhaupt irgend jemandem hier im Dorf verständlich machen können, wie fasziniert sie damals von Rainer war, als er sagte: »Es geht um Hunger, wissen Sie. Achthundert Millionen Menschen hungern, und mein Institut kann dazu beitragen, den Hunger zu beseitigen.«
Damals an der Uni hatte er einen Vortrag über hybrides Saatgut gehalten. Lydia hatte daraufhin am Ausgang des Hörsaals auf ihn gewartet, sie war gerade achtzehn und im ersten Semester gewesen, und hatte ihn einfach zum Kaffee eingeladen. Sie hatte sich geduldig alle seine Ausführungen angehört: daß fünfzig Prozent der Ernte in Entwicklungsländern aufgrund von Pflanzenkrankheiten, Insektenschädlingen und Unkräutern verlorengingen, daß nur die Gentechnik die Möglichkeit bieten würde, Pflanzen hervorzubringen, die sich selbst schützen können, daß sein Institut Reis und Getreide mit erhöhter Resistenz gegenüber Viren, Bakterien, Pilzen und Insekten entwickelte und daß mit Einführung dieser neuen Sorten der Hunger endgültig bekämpft werden könnte. Sie hatte ihn reden lassen, leise gelächelt und ihren Kaffee getrunken. Und als er fertig war, hatte sie ihre Hand auf seine gelegt und gesagt: »Wissen Sie, die Ursachen für Hunger liegen woanders.«
Die Fleischerin hatte sie unterbrochen und mit lauter Stimme gefragt: »Genmais und so was, ja?«, und da hatte Lydia einfach nur genickt und gar nichts mehr gesagt.
Rainer hatte aufgesehen und ihre Augen gesucht. Seine Hand unter ihrer war warm gewesen. Er hatte zu lächeln begonnen und leise geantwortet: »Sie haben recht.«
Jetzt geht sie schon lange nicht mehr zur Uni, und Rainer verbringt den Tag im Institut.
Nachdem sie ein halbes Jahr hier wohnten, bekam Lydia das

erste Mal Angst, als das Geräusch seines Autos verstummte. Damals dachte sie, das sei dumm. Hysterie oder so, weil sie allein mit den Kindern war. Und wenn es still ist, dann bekommt so ein Knacken in den Wänden plötzlich eine ganz andere Bedeutung. Damals war sie sich eben noch nicht sicher.

Aber jetzt hört sie sie überall. Ein einziges Mal, das war vor einem Monat, hatte sie Rainer nachts wachgeschüttelt. Sie war schweißnaß vor Angst und hatte geflüstert: »Hörst du das?«

Rainer hatte sich auf die andere Seite gedreht und gemurmelt: »Lydia, das ist nichts. Nur das Haus. Das Holz arbeitet. Schlaf.«

Aber sie hatte noch lange wachgelegen.

Lydia raucht und hört die Frösche aus dem Teich. Gegen Abend sind sie am lautesten. Nächste Woche kommt Emil ins Heim, und vielleicht können sie trotz allem noch mal von vorn anfangen. Sie drückt die Zigarette aus und schließt das Fenster.

*

»Wie alt bist du denn?« hatte er gefragt, als sie am ersten Tag nebeneinander am Ufer saßen.

»Fünf«, sagte Emil und starrte gebannt auf das Wasser. Emil hatte ihn tagelang heimlich beobachtet. Er durfte nicht zum Teich, und er war doch hingegangen.

»Willst du mal halten«, hatte er gerufen, und Emil erschrak. »Na, komm schon raus«, hatte er gesagt und leise gelacht, »ich beiße nicht.« Da war Emil hinter den Büschen vorgekommen.

»Was machst du da?«

»Ich angle.«

Sie hatten lange nebeneinander gesessen, Emil mit der Angel in der Hand, und der Murgor hatte mit dem Messer seine

Pfeife saubergemacht. Einmal zuckte die Angel, und Emil wurde ganz aufgeregt. Er hatte sie zu früh rausgezogen, aber der Murgor war nicht böse gewesen.
»Was hast du eigentlich am liebsten?« hatte er Emil zum Abschied gefragt.
Emil durfte nicht am Teich sein, und jetzt hatte er ein Geheimnis mit dem Murgor. Er hatte gelächelt, dem Murgor ins Gesicht gesehen und gesagt: »Franz.«

*

Als sie das Haus das erste Mal besichtigt hatten, war Lydia nichts aufgefallen. Wieso hab ich denn nicht mal den Schatten der alten Kastanie bemerkt, fragt sie sich. Es ist doch merkwürdig, wie schwarz er auf die Mauer und die Beete fällt. Oder das Quietschen des rostigen Gartentors, darauf hatte sie auch nicht geachtet. Und sogar auf den Geruch nicht. Dieser fürchterliche Geruch im ganzen Haus. Nach Moor oder verfaultem Schilf.
Wenn es regnet, verstärkt sich der Geruch. Er kommt aus den Wänden. Sie bekommt ihn einfach nicht aus den Räumen, egal, wie oft sie lüftet.
»Ein richtiges kleines Schloß«, hatte Rainer geschwärmt, als sie das erste Mal im Garten Abendbrot aßen. Es hatte Omelette mit frischen Kräutern und Steak gegeben und als Kompott Kirschen, und Lydia hatte ihm geglaubt.
Sie war schon im siebten Monat schwanger gewesen, und Rai ner war die Zimmer abgewandert, hatte gegen die Wände geklopft, überall mit dem Zollstock etwas abgemessen, war in den Keller runtergestiegen, dann auf den Boden geklettert, kam staubig zurück zu ihr in den Garten, hatte übers ganze Gesicht gestrahlt und gesagt: »Perfekt.«
Lydia fürchtet sich jetzt ein bißchen vor Emil. Sie schreckt so-

gar davor zurück, ihn zu berühren. Sie legt ihm morgens seine Sachen aufs Bett, und Emil zieht sich allein an.
»Und wir haben es einfach so kaufen können, Lydia«, hatte Rainer lachend gesagt und sein Steak zersäbelt, »keine Schulden. Eigentum.« Ein Fischreiher war mitten im Garten gelandet und hatte laut gekrächzt. Die Sonne war hinter den Kiefern untergegangen, und als Emil sein Apfelsaftglas hob, hatten die Frösche angefangen zu quaken. Rainer hatte mit der Gabel auf den Vogel gewiesen und gesagt: »Wir haben es geschafft, Lydia, verstehst du? Wir beide haben es geschafft.«
Der einzige, mit dem Emil geredet hatte, war Franz gewesen. Einmal hatte sich Lydia heimlich in den Türrahmen gestellt. Er schaukelte die Wiege sehr sanft immer hin und her und sprach leise dabei, und Lydia hatte nicht verstanden, was er da sagte. Aber es klang ernst, viel ernster, als es sich für einen Fünfjährigen gehörte. Franz lag ganz still, sah seinen Bruder an und ließ ab und zu ein leises Brabbeln hören. Nur ein einziges Wort hatte sie verstehen können, weil Emil es so oft wiederholte: Moger.
Sie erinnert sich, wie sie dann reinkam und wie Emil sich sofort abwendete. Er ging mit gesenktem Kopf an Lydia vorbei und ließ sich drei Schritte weiter auf den Boden sinken, griff nach der Puderdose, die gerade in Reichweite stand, und begann damit zu spielen. Lydia hatte das Baby aus der Wiege geholt und wickelte es auf der Kommode. Emil saß hinter ihr. Es machte sie irgendwie nervös. Als sie sich umdrehte, ertappte sie ihn, wie er sie beobachtet hatte, mit angestrengtem Blick, eine Falte auf der Stirn und die Hände um die Dose gepreßt.
»Emil«, hatte sie geflüstert und sich dabei umgesehen, obwohl Rainer auf Arbeit war und sie gar nicht hören konnte, »was ist los? Hast du vor irgendwas Angst?«
Er sagte nichts, fuhr nur mit der Puderdose auf dem Boden hin und her. Das gab ein leises schleifendes Geräusch. Er sah

sie an mit diesem viel zu ernsten Blick. Da hatte sie plötzlich das unheimliche Gefühl, einem Erwachsenen gegenüberzustehen, und flüsterte: »Hast du etwas hier im Haus gesehen? Irgendwas – Ungewöhnliches?«
Nur die Puderdose schleifte. Die Frösche quakten. Franz brabbelte einmal kurz, ansonsten war es sehr still. Sie flüsterte: »Emil, du hast doch etwas … ich spüre das. Aber vor mir brauchst du keine Angst haben. – Was heißt Moger?«
Emil sah sie an, als ob er ein bißchen dumm wäre. Als könnte er nicht hören und nicht sprechen. Er änderte seinen Gesichtsausdruck nicht, als er aufstand und aus dem Zimmer ging. Lydia stützte sich auf der Wickelkommode auf und weinte.

*

Emil taucht nicht mehr. Er wird nie wieder tauchen. Bald wird er hier weggehen. Er weiß das. Er hat seinen Vater am Telefon reden gehört. Franz ist in Sicherheit. Das ist das Wichtigste.

*

Lydia sitzt und lauscht auf das Kratzen von Rainers Füllfederhalter. Wenn er doch mit ihr reden würde. Sobald er nach Hause kommt, arbeitet er. Er verschließt sich vollkommen. Einmal ist sie hinter ihn getreten und hat ihre Hand sanft in seinen Nacken gelegt. Da war er herumgefahren und hatte sie angesehen mit diesem Blick, den sie so haßte.
»Rainer, ich bin es doch … Lydia«, hatte sie geflüstert. Er hatte nicht reagiert. Er hatte sich steif gemacht, als sie wieder die Hand hob, um ihn zu berühren. »Rainer, sag mir bitte, daß du nicht wirklich glaubst, daß ich …«, und sie hatte nicht weitersprechen können, weil sie sich plötzlich nicht mehr sicher war. Nicht, wenn er sie so ansah.

Scheinbar hatte er gerade an der Rede für den Kongreß gearbeitet. Über seine Schulter hatte sie lesen können: »... übergeordnetes Ziel: Armuts- und Hungerbekämpfung ... Eigenständigkeit der Entwicklungsländer ... muß ihnen der Zugang zur Technologie gewährleistet werden ... Voraussetzungen: Stärkung der lokalen Kapazitäten, Wissenstransfer und Zusammenarbeit in Schlüssel-Technologien ...«
Lydia sitzt und raucht zu viel. Im Gebälk knackt es ungewöhnlich häufig, und sie traut sich nicht, sich zu bewegen. Sie erinnert sich.
Sie erinnert sich an den Abend, als sie Franz in der Wohnstube hatte krabbeln lassen, während sie in der Küche den Karottenbrei warmmachte. Emil hatte in der Ecke mit dem Tierhaus und den Katzen und Ziegen gespielt. Rainer saß am Schreibtisch. Er sah nichts, wenn er arbeitete. Er sah nichts, und er hörte nichts.
Lydia hört immer noch den hohen Schrei.
Sie hätte auf Franz aufpassen müssen.
Sie erinnert sich, wie sie in der Küche erstarrt war, den Topflappen zwischen den Händen verkrampft hatte und einfach nicht losrennen konnte. Als sie dann endlich in der Wohnstube stand, hatte Rainer Emil schon im Arm und fuhr sie an, einen Arzt zu rufen. Emil weinte ganz leise. Auf dem Boden schwamm Kaffee.
»Ich hab es nicht richtig gesehen«, sagte Rainer später zu dem Arzt. »Franz ist wohl auf den Tisch zugekrabbelt und wollte sich dann an der Tischdecke hochziehen. Aber da stand die Kaffeekanne. Ich hab nur noch mitgekriegt, wie Emil plötzlich laut schreiend aus der Ecke geschossen kam und Franz zur Seite gerissen hat.«
Emil hatte sich die ganze linke Seite verbrüht.

*

»Und wer bist du?« hatte Emil gefragt. Er fühlte sich richtig gut, mit der Angel in der Hand.
»Ich bin ein …« Und dann hatte der Murgor nur noch in Emils Ohr geflüstert. Emil bewegte sich nicht. Beim Angeln mußte man stillsitzen. »Das darfst du niemandem verraten. Sonst passiert etwas so Fürchterliches, wie du es dir gar nicht vorstellen kannst.«
In diesem Moment hatte die Angel gezuckt.

*

Vielleicht war ich von Anfang an eine schlechte Mutter, denkt Lydia. Rainer sagt es ihr nicht, aber sie weiß, daß er denkt, daß sie schuld hat. Und vielleicht hat er ja recht.
Rainer sieht kein einziges Mal von der Arbeit auf.
»Mangelernährung«, hatte er vor ein paar Wochen am Abendbrottisch erklärt, »führt bei Millionen Menschen zu ernsten Gesundheitsschäden.« Sie hatte interessiert zugehört. Es gab gebratene Klöße mit Pilzgulasch und zum Nachtisch Vanilleeis und Erdbeeren. »Wir versuchen, die fehlenden Komponenten in die Grundnahrungsmittel einzubauen. Stell dir nur mal vor, Lydia, was das bedeutet: Transgener Reis bildet Provitamin A im polierten Kern und könnte auf diese Weise vierhundert Millionen Kinder vor schweren Gesundheitsschäden bewahren!«
Sie war neunzehn, als sie mit Emil schwanger war. Sie hatten natürlich sofort geheiratet. Lydia wollte weiter zur Uni gehen und war nur drei Monate zu Hause geblieben.
Danach war sie in den Pausen zwischen zwei Vorlesungen nach Hause gerannt, hatte Emil aus dem Kinderbettchen gehoben und ihn gestillt. Später machte sie ihm Fläschchen mit Milasanmilch zurecht und stellte sie in den Kühlschrank. Das ging schneller. Rainer hatte da Bedenken. Er machte ihr keine

Vorwürfe. Das machte er nie. Aber er hatte gesagt: »Muttermilch ist bestimmt besser für Emil, Lydia. Bei diesen Pulversachen bekommen sie die Zusammensetzung einfach nicht so hin. Da fehlen immer ein paar Komponenten, Vitamine oder Spurenelemente, und von anderen ist zuviel drin. In Muttermilch ist alles ganz ausgewogen, genau so, wie er das braucht.« Aber sie hatte die gräßlichen Rückenschmerzen nicht mehr ertragen, wenn sie Emil stillte und sich dann jeden Abend die Restmilch abpumpen mußte.
In den Vorlesungen saß sie wie auf dem Sprung, immer nervös, nur mit dem halben Kopf dabei und mit der anderen Hälfte zu Hause bei dem Baby. Die täglich neuen Waschmaschinenladungen voll Windeln, Lätzchen und Strampler brachten sie manchmal zum Weinen. Ständig mußte sie ihre Sachen wechseln, wenn sie Emil gefüttert hatte. Tag für Tag wiederholte sie dieselben Handgriffe, damit die Wohnung halbwegs ordentlich war. Und als sie schließlich immer ärgerlicher wurde, auch auf Emil, obwohl sie das nicht mal vor sich selbst zugeben wollte, weil die Ordnung eben nie anhielt und sie einfach nicht zum Lernen kam, hatte sie sich gefragt, ob sie eine schlechte Mutter war.
Rainer nahm sie eines Abends in den Arm und sagte: »Sieh mal, Lydia, meinst du nicht auch, es wäre leichter, wenn du so lange zu Hause bleiben würdest, bis er in den Kindergarten gehen kann? Setz dich doch nicht so unter Druck. Schieb das Studium einfach noch ein bißchen auf.«
Sie hatte sich von ihm halten lassen. Emil lag schon im Bett und schlief. Rainers Körper war warm, sie lehnte den Kopf gegen seinen Oberarm. Seine Arme hatte sie immer gemocht. Der ganze Ärger kam ihr auf einmal so sinnlos vor. Und dann hatte sie sich eben entschieden.

*

Emil mußte nicht mehr baden, seit er Schreikrämpfe bekam. Er wäscht sich am Waschbecken.
Rainer hatte extra ein Kinderwaschbecken einbauen lassen, das ging Lydia bis zum Knie.
Lydia beobachtet ihn manchmal durch das Badezimmerfenster in der Tür. Sehr ernsthaft tunkt er den Lappen ins Wasser. Für das Gesicht nimmt er keine Seife. Das versteht sie. Seife beißt in den Augen. Er wischt sich schnell über Stirn und Augen und Mund. Den Körper seift er ganz ein.
Einmal war sie reingekommen, als er gerade mit einem Bein auf dem Boden und einem im Waschbecken dastand. Er hatte den Fuß aus dem Wasser gerissen und sich blitzschnell umgedreht. Seine Augen waren riesengroß. »Ich bin's doch nur, Emil«, hatte sie geflüstert und auf die Pfütze am Boden gesehen.
Ein leises Geräusch zog ihren Blick jäh zur Wand. Sehr leise war es, aber sie hatte es trotzdem gehört. Es klang wie ein Fingernagel. Über die Fliesen zog sich ein langer Riß. Der war am Tag vorher noch nicht da, das wußte sie genau. Rainer hätte auch dafür eine vernünftige Erklärung.
Lydia aber hatte einen sonderbaren Gedanken. Denn was wäre, wenn es die Geister wirklich gäbe? Und wenn Emil sie gesehen hätte?

*

Lydia erinnert sich noch genau an den Tag, als sie mit Franz im Arm vor dem Kirschbäumchen stand.
Das Bäumchen war nur noch ein zwanzig Zentimeter hoher Stumpf. Abgenagt. Sie hatte es erst vor ein paar Wochen gepflanzt. Biber. Sie kamen einfach vom Teich bis in ihren Garten. Alles machten sie kaputt. Es ist sinnlos, irgendwas in diesem Garten zu pflanzen, hatte sie gedacht. Das Gemüse fraßen

die Schnecken, für Blumen war es viel zu schattig, und die jungen Bäume nagten die Biber ab. Sie nagten sie ab und schleppten sie zum Teich.

Manchmal hatte Lydia so eine Vorstellung, morgens aufzustehen, aus dem Fenster zu sehen, und da läge plötzlich der Teich. Um das Haus drumrum. Sie stellte sich vor, daß er über Nacht gewandert wäre, den ganzen Garten überrollt hätte, und wie dann langsam das stinkende Wasser durch die Bodenbretter ihre Füße hochsteigen würde.

Franz saugte im Schlaf an ihrer Bluse.

Und dann hatte das Gartentor gequietscht. Sie sah hoch und preßte das Baby fest an sich. Wir sind ganz allein hier, hatte sie gedacht.

Emil kam den Weg entlanggeschlichen. Er war klatschnaß. Er sah sie nicht, dabei stand sie genau am Wegrand. Er lief einfach an ihr vorbei, als ob sie Luft wäre. Als ob es sie gar nicht gäbe. Er setzte die Füße irgendwie komisch. Ganz vorsichtig. Fast als ob er tanzen würde. Sie hatte ihn gerufen, aber erst beim zweiten Mal hatte er sich umgedreht. Ganz langsam.

Er ist so schön, war ihr in diesem Moment durch den Kopf gegangen. Aber ihr Herz raste. Sein Haar tropfte, und dort, wo winzige Sonnenflecken durch die Äste der Kastanie auf seinen Kopf fielen, sah es aus wie Gold. Irgendwas stimmte nicht. Sie ging lächelnd auf ihn zu. Er rührte sich nicht vom Fleck, lächelte nur zurück. Er sah so zart aus, ihr Sohn, als ob er gerade geschlafen hätte. Die braunen Augen waren halb geschlossen. So seidige Wimpern, hatte sie gedacht und ihm über die Wange gestrichen. Über seinen Schenkel lief Blut.

Als sie die Male an seinem Hals entdeckte, hatte sie zu zittern begonnen.

*

»Ich verstehe das einfach nicht. Vielleicht haben sie ihn provoziert«, hatte Lydia der Kindergärtnerin am Telefon gesagt. Emil war währenddessen mit der Feuerwehr über die Dielen gefahren. Er war schon immer ein leises Kind gewesen. Leise ließ er die Feuerwehrleiter ausfahren, und leise kletterte der Feuerwehrmann über die Sprossen nach oben und schoß einen unsichtbaren Wasserstrahl gegen die Stuhlleiste. Dann hatte Lydia aufgelegt, Emil angesehen und war ins Wohnzimmer gegangen.

*

Sie stand neben ihm, als er die Schuhe auszog und unter die Heizung stellte. Sie weinte vor Angst. Seine Lippen waren blau. Er schwankte.

»Emil«, schluchzte sie. Franz war schwer in ihrem Arm. »Du sollst doch nicht zum Teich gehen!« Er sah zu Boden und schwieg. »Sprich doch mit mir!«

Unter ihren Füßen knackte es laut.

Franz fing an zu schreien.

Emil sah kurz auf Franz, dann schlich er mit gesenktem Kopf an ihr vorbei. Ihre Hand war zu schwach. Er riß sich los.

Sie ging mit Franz im Arm auf und ab und sang leise dabei, doch er war nicht zu beruhigen. Ich bin eine schlechte Mutter, dachte sie die ganze Zeit, ich hab nicht aufgepaßt, und jetzt ist er reingefallen. Das Baby brüllte wie am Spieß. Er hätte ertrinken können. Das kann ich Rainer nicht sagen, dachte sie.

Sie mußte noch kochen.

Als sie das Baby später in die Wiege legte, sah sie, daß Emil sein Bett in Franz' Zimmer geräumt hatte. Wie hat er das nur gemacht, dachte sie. Das Klappbett war selbst für einen Erwachsenen nicht leicht.

Sie deckte Franz zu und hörte dabei die Frösche aus dem

Teich. Sie setzte sich an die Wiege und schaukelte Franz bis zum Abend.
Später saß Emil wie immer am Abendbrottisch. Es gab Kartoffeln, Porreegemüse und Frikadellen. Zum Abschluß rote Grütze. Er hatte sich selbst neue Sachen aus dem Schrank gesucht und aß schweigend. Lydia aß nicht. Sie sagte Rainer nichts.

*

Es war sehr früh gewesen, und es nieselte.
Emil zog seine gelben Gummistiefel an. Er platschte durch die Pfützen im Garten. Er lief weiter, zum Sandkasten am Ausgang des Gartens, und sprang von dort aus in die größeren Pfützen. Er sah schnell zum Haus und schlüpfte dann aus dem Gartentor.
Der Pfad zum Teich war schlammig. Die Erde schmatzte unter den Füßen.
Der Teich war dunkel, und Emil hockte sich ans Ufer, hielt seinen Ärmel ins Wasser und sah zu, wie der Stoff sich langsam vollsog.
Er sah sich um. Er war ganz allein. So früh war der Murgor noch nicht da.
Er zog das rote Feuerwehrauto unter der Jacke hervor. Er hatte es zum Geburtstag bekommen, und jetzt fuhr er damit über die nassen Kiesel am Ufer und gab leise Brummtöne von sich. Er fuhr die kleine Leiter aus, ließ den Feuerwehrmann die Sprossen hochsteigen, bis ganz ans Ende. Dann hielt er inne und stand auf, den Feuerwehrmann in der Hand. Er sah auf das Wasser. Der Teich war verboten, genau wie die Steckdosen und der Herd. Wie das Bügeleisen und Vaters Schreibtisch.
Er warf den Feuerwehrmann als erstes.

Es machte leise Platsch.
Bei der Feuerwehr spritzte es. Sie ging gleich unter.
Als Emil ins Haus kam, zog er die Stiefel aus und stellte sie ordentlich in die Küche unter die Heizung.

*

»Sie sagen, er sei aggressiv«, sagte sie und zog an ihrer Zigarette.
»Wie, aggressiv?« fragte er und schlug die Zeitung um. »Hast du das hier eigentlich gelesen: *Afrika importiert mindestens fünfundzwanzig Prozent seines Getreideverbrauchs. Der Einsatz von Biotechnologie zur Erhöhung der Getreideproduktion ist wesentlich sinnvoller als diese Abhängigkeit von anderen Ländern.*« Er senkte die Zeitung und sah sie zufrieden an. »Endlich sehen sie es ein.«
Lydia sah durch die Wohnzimmertür, wie Emil ins Haus kam, seine Stiefel in der Hand. Sie senkte ihre Stimme.
»Er verhält sich unsozial, Rainer! Er schreit die anderen Kinder an, trampelt auf dem Spielzeug rum. Heute hat er die Kindergärtnerin gebissen. Sie wollte ihn von der Schaukel heben, weil auch die anderen mal raufwollten.«
Er schwieg. Emil hatte kurz in die Wohnstube gesehen und war dann in Franz' Zimmer verschwunden. Lydia starrte in die Luft. Es roch intensiv nach Teich. Nach Froschlaich, verrotteten Pflanzen, totem Fisch. Sie ging ans Fenster, um es zu schließen, aber es war schon zu.
»Unsinn, Emil ist brav. Emil macht nie Schwierigkeiten.«
Der Geruch kam von hier drinnen. Sie öffnete das Fenster. Das Holz knarrte.
»Es war schon der dritte Anruf in dieser Woche, Rainer.« Jetzt roch es nach fauligem Schilf. »Sie wollen, daß wir Emil aus dem Kindergarten rausnehmen.«

Er blätterte in der Zeitung.
Sie schloß das Fenster wieder.
»Na, dann nehmen wir ihn eben raus, Lydia.«

*

Es war sehr früh, als Emil aufstand. Die Sonne war noch nicht aufgegangen. Sie hatten ihm erlaubt, in Franz' Zimmer zu bleiben. Sein Bett stand gleich neben der Wiege, und er hatte die ganze Nacht das Holz nicht losgelassen. Wenn Franz einen Laut von sich gab, war er hochgeschreckt und hatte ins Dunkel gemurmelt, bis er wieder eingeschlafen war.
Jetzt stand er vor der Wiege. Franz schlief. Er griff vorsichtig unter seinen Rücken und hob ihn hoch. Franz brabbelte etwas im Schlaf. Emil legte ihn an seine Brust und hielt das Köpfchen sanft dabei fest, wie er es immer bei seiner Mutter gesehen hatte. Franz machte kurz die Augen auf, atmete tief ein und aus und schloß die Augen dann wieder.
»Hab keine Angst«, sagte Emil leise und streichelte das haarlose Köpfchen. »Hab keine Angst, Franz, ich bringe dich in Sicherheit.«
Er verließ das Haus auf nackten Füßen.

*

Als Lydia aufstand, sah sie Licht im Bad. Sie öffnete die Tür, und Emil sah ihr aus der Wanne entgegen. Die Wanne war randvoll, und er sah sie an, mit diesem süßen Blick, unter seinen hellbraunen Wimpern hindurch.
»Warum badest du?«
Abgesehen davon, daß Emil Baden haßte, stimmte etwas nicht. Irgend etwas stimmte ganz und gar nicht. Sie kam nur nicht drauf.

»Ich weiß nicht«, sagte Emil und begann zu lächeln. Seine Stimme ist zart, dachte sie. Die Stimme eines Fünfjährigen.
Vielleicht war es dieser Geruch. Nach Moor und verfaulten Algen.
Seine Lippen waren rot und weich, und in seinem blonden Haar war ein bißchen Schaum. Irgendwas stimmte hier nicht.
Vielleicht waren es die nassen Sachen auf den Fliesen.
Lydia hörte, wie Rainer die Treppen runterkam und in Franz' Zimmer ging. Sie hörte, wie er dann die Badezimmertür hinter ihr öffnete. Sie hörte, wie er in ihrem Rücken mit sonderbarer Stimme fragte:
»Lydia, wo ist Franz?«
Dann sah sie, wie Emil auf einmal untertauchte, ganz tief in das seifige Wasser hinunter, und wie er die Augen aufließ dabei.
Da fing sie an zu schreien.

Ich lebe sie

Ruthann Robson gewidmet

Seit einem Monat sitze ich in ihrem Sessel, sehe aus dem Fenster. Ich warte auf sie.
Unablässig fällt dünner Schnee. Fällt und schmilzt. Fällt und schmilzt.
Ich zahle ihre Miete, den Strom und die Rechnungen. Für –
Aber was sind Namen? Ich habe heute mein Haar kurzgeschnitten und so lange gefärbt, bis es den blauschwarzen Ton angenommen hat, den das Haar auf dem Foto in ihrem Ausweis hat.
Der Ausweis steckt in ihrer Geldbörse, die in ihrer Tasche liegt. Ich trage sie immer bei mir.
Ich warte darauf, daß sie zurückkommt. Ich muß ihr etwas sagen. Ich sitze in ihrem Sessel und sehe aus dem Fenster. Doch nichts rührt sich, nur der Schnee schmilzt sich grau auf den Bürgersteigen.
Ich wasche ihre Sachen. Ich probiere sie an. Die Ärmel der Hemden kremple ich hoch. Die Hosen kürze ich. Ich melde mich am Telefon mit ihrem Namen. Ich warte. Manchmal frage ich mich, ob es ein Fehler ist.
Sie ist tot.

*

»Nur da, wo du bist, da ist nichts.«
Es hängt über ihrem Schreibtisch. Yoko Tawada. Ich gehe sanft mit dem Finger über die Worte. Sie hat andere für sich sprechen lassen. Sie hat mir erklärt, »Liebste« kannst du nur sagen, wenn sie abwesend ist. Dann hat sie gelacht.

Heute habe ich ihren Vorratsschrank aufgeräumt. Ich habe Zucker, Salz und Mehl in bunte Gläser gefüllt. Dann habe ich einen Teig bereitet. Während er ruhte, habe ich ihre Weingläser blankgewischt und eine ihrer Flaschen geöffnet. Als der Kuchen buk, habe ich getrunken. Ich habe durch das Ofenfenster zugesehen, wie der Teig größer wurde, als ob jemand ihn aufblies, habe das Glas an die Lippen geführt und geweint.

*

Ich darf Ihnen nicht sagen, wer sie war. Ihren Namen könnte ich zwar verraten – aber was sind schon Namen? Sie ist ein Flüchtling gewesen, wie ich. Alles war ein Geheimnis. Wir haben nichts ausgesprochen. Vielleicht war das Mord.

Aber ich halte es nicht aus. Ich möchte wenigstens einmal erzählen, was mir zugestoßen ist. Und was mir immer noch zustößt.

Es ist so still hier. Nur meine Worte fallen. Fallen und schmelzen. Fallen und schmelzen.

Ich könnte einfach Lücken lassen. Ich könnte alles Riskante aussparen. Aber ich habe gesehen, wie es passiert ist.

Ich habe aus dem Fenster geschaut, denn es war die Zeit, zu der sie gewöhnlich nach Hause kam. Sie ging bei Grün über die Straße. Ich weiß nicht, ob es Zufall war, daß der Laster sie erwischte. Vielleicht sind Zufall und Schicksal dasselbe.

Sie lag mitten auf der Straße. Ich konnte nichts tun. Konnte nicht die Treppen runterlaufen, sie nicht noch einmal in den Arm nehmen, ihr nicht das letzte Wort zuflüstern, nicht noch ein letztes Mal ihren verwundbaren Mund küssen.

Ich stand oben, hinter der dunklen Gardine verborgen, die Finger im Fensterbrett verkrallt, bis die Nägel brachen. Schnell hatte sich eine Menschenmenge gebildet. Dann kam der Krankenwagen.

Ich sage mir immer wieder, daß sie nicht tot ist. Sie ist nicht tot. Sie ist nicht tot.
Aber sie haben sie zugedeckt, bis über den Kopf, und der Krankenwagen ist ohne Sirene davongefahren.

*

In ihrem Bett drehe ich mich zum Fenster, um zuzusehen, wie der dünne Schnee unter der Laterne fällt. Fällt und schmilzt. Fällt und schmilzt. Ich versuche mir einzureden, daß Abwesenheit nur eins ihrer Gesichter ist.
Ich will sie sprechen, aber sie hat nichts hinterlassen als eine Lücke und ihren Namen. Was sind Namen?
Eine Lücke zu füllen, ist die einzige Herausforderung, die wir haben. Eine Lücke zu füllen, könnte eine Entscheidung sein. Eine Lücke zu füllen, bedeutet manchmal gar nichts.
Ihre Bettdecke liegt zerknüllt zwischen meinen Beinen. Ihr Kissen riecht noch nach ihr. Ihre Schönheit ertränkt mich. Ich gehe in Stücke, ich schmelze bei ihr, wie ich bei niemandem zerschmolzen bin. Ich warte auf sie.
Wer wirst du sein, habe ich sie einmal gefragt. Ich lag an ihrer Schulter, meine Hand berührte ihren Schenkel. Der Mond war schmal. Sie hat schmerzhaft in mein Haar gegriffen und mich zu sich hochgezogen. Sag du es mir, hat sie geantwortet, du weißt es doch besser, und hat mir dabei in die Augen gesehen. Sag mir, wer ich sein werde. Ich habe geschwiegen.
Ich habe nie mehr danach gefragt.
Sie hat gelacht. Und ich schluchzte. Ich weiß nicht, warum. Ich küßte mich ihren Körper hinunter. Tränen rannen mein Gesicht herab und schließlich über ihre Vulva, und meine Zunge folgte. Ich war schüchtern, doch langsam fand meine Zungenspitze einen leisen Rhythmus. Zeichnete ein Muster nach. Zitterte an ihrem Fleisch.

Ich glaubte, den Moment aufspüren zu können, an dem der Orgasmus ihren Körper packen könnte. Meine Hände gingen sanft über ihre Brüste und Hüften, und meine Zunge tauchte tiefer. Aber der Moment kam nicht.

*

Sie hat mich gerettet in der Nacht, als ich mit meinem Leben abgeschlossen hatte. Ich war durch die Straßen gehetzt, und immer waren sie hinter mir. Ihr Atem streifte schon fast meinen Nacken, die Angst saß wie ein Kristall in meiner Wirbelsäule. Jemand hatte mich verraten, es war vorbei. Aber ich – das hatte ich mir geschworen –, ich würde niemals den Menschen verraten, den ich liebte. Und wenn es ums Leben ging.

Atemlos war ich in einen Hauseingang gestürzt. Ich drückte mich ins Dunkel und spähte auf die Straße. Es war finster, nur der Asphalt glänzte naß im Mond. Eine Katze schrie. Sonst war alles still. Aber ich wußte, sie waren ganz in der Nähe. Sie würden mich holen. Sie warteten darauf, daß ich hervorkam.

Sie schlich die Treppen herunter, ich hörte sie nicht. Sie legte die Finger in meinen Nacken, und ich fing an zu schreien. Sie hielt mir den Mund zu und zog mich die Stufen hoch in ihre Wohnung. Komm, flüsterte sie, komm, ich versteck dich.

*

Ich sitze in ihrem Sessel, sehe aus dem Fenster. Ich warte auf sie. Ich zahle ihre Miete, den Strom und die Rechnungen. Ich trage ihren Namen wie ein Kleid; die Ärmel sinken zu Boden wie Furcht, und der Saum taumelt in Schluchzern um meine Knöchel.

Was ist, frage ich mich in den schlimmsten Stunden zwischen Mitternacht und Morgen, wenn das Licht blau wird, was ist, wenn ich sie nur erfunden hätte, eines Nachts, als die Sehnsucht mein Herz wie mit Nadeln spickte?
Doch da ist ihr Name und eine Lücke. Und ein Satz über ihrem Schreibtisch in ihrer unverkennbaren Schrift: »Nur da, wo du bist, da ist nichts.« Es hat sie gegeben. Es gibt sie. Ich warte. Ich streichle mich, bis ich wund bin von Leere.
Eine Lücke zu füllen, ist die einzige Herausforderung, die wir im Leben haben.

*

Wir hatten das Licht in der Wohnung gelöscht und im Dunkeln durch einen Spalt im Vorhang nach unten gesehen. Wir haben beobachtet, wie sie mit Taschenlampen die Straße abgesucht haben. Jede Mülltonne verrückten. Die Hauseingänge ausleuchteten. Und alles lautlos, wie auf Zehenspitzen und mit Händen aus Fell.
Sie hat mich angesehen, und ich habe genickt und geschwiegen.
»Was suchen die?« hat sie dann gefragt.
»Meinen Namen.«
Da hat sie den Kopf in die Hände gelegt und angefangen zu zittern.
»Und ich dachte, sie kommen wegen mir«, flüsterte sie. »Aber sie wissen ja nicht, wer ich bin. Ich bin hier sicher. Und du …«, das Zittern hatte aufgehört, »… du bist es jetzt auch.«
Ich lebe in ihrer Wohnung. Ich esse ihr Brot und ihre Butter. Ich trinke ihren Wein. Ich sehe, wie der dünne Schnee sich auf den Straßen totschmilzt. Nichts ist mir von ihr geblieben als eine Lücke. Und ihr Name.

Ich lebe sie, für immer. Sie wird nicht zurückkommen, weil sie nicht weiß, daß jemand in ihrem Sessel sitzt, aus dem Fenster sieht. Und auf sie wartet. Sie ist tot.

*

»Nur da, wo du bist, da ist nichts.«
Ich gehe mit der Zunge über die Buchstaben. Meine Augen sind still und schmerzen. Ich muß sie sprechen. Ich will ihr etwas Wichtiges sagen.
Sie hatte sich in meinem Nacken festgekrallt, und dann schrappten ihre Nägel über meinen Rücken. Lange, weiße Striemen, bis ich stöhnte. Sie warf mich herum und riß mich auseinander. Sie stieß tief. Ihr Gesicht war sehr bleich und mein Geschlecht naß wie der Asphalt. Und in mir schrie eine Katze. Ihr Mund war hart, sie machte mir Angst. Ich sagte, sprich mit mir. Sie schwieg. Ich sagte, sprich mit mir, dann sage ich dir, wer du sein wirst. Sie schwieg. Aber ihre Finger wußten alles, tauchten und tanzten, und ein Wort hätte genügt, den Moment aufzuspüren, an dem der Orgasmus meinen Körper packen könnte.
Ich hatte Angst vor ihr. Der Moment kam nicht.

*

Ich kaue meine Worte und kaue, bis sie gallebitter im Mund sind. Ich spucke sie aus. Ich versuche mir einzureden, daß Abwesenheit nur eins ihrer Gesichter ist. Ich streichle mich, bis ich wund bin von Leere. Ich möchte sie lieben. Ich möchte sie zu Ende lieben. Ich möchte ihr sagen, wer sie ist.

*

Mit niemandem kann ich reden. Keinem Menschen darf ich sagen, was mir zugestoßen ist. Ich muß schweigen. Aber ich halte es nicht aus. Ich erzähle Ihnen meine Geschichte, und sie besteht aus lauter Lücken, denn nur dann können Sie mir nichts tun. Ich werde sie nicht verraten, weil Sie nicht wissen, wer ich bin.
Ich trage ihren Namen, unser Atem weht zweifach durch uns hindurch. Er streicht durch die zartesten Knochen wie der Nachtwind über die Saiten einer Geige.
Ich sitze in ihrem Sessel, sehe aus dem Fenster. Ich warte auf sie. Tagsüber arbeite ich in ihrem Büro, rede mit ihren Kollegen und nehme ihren Platz in der Kantine ein. Niemand durchschaut den Betrug.
Ich habe immer geschwiegen, denn »Liebste« darf man nur sagen, wenn sie abwesend ist.
Und wenn Schweigen Mord wäre?
Es gibt mich nicht mehr. Ich habe mich aufgelöst. Denn da, wo sie ist, da ist nichts. Ich bin sicher.
Und nichts kann geschehen, solange unter den Laternen unablässig der dünne Schnee fällt. Fällt und schmilzt. Fällt und schmilzt –

Mottenlicht

Lena ist umgezogen.
Ganz heimlich.
Sie sieht zu dem Fenster des Zimmers hoch, das mal ihres war.
Vor den Scheiben hängt zarter Gardinenstoff. Durchsichtig.
Hellblau und gelb.
Lena hat Nacht für Nacht Gegenstände hinuntergetragen.
Dunkle Stoffballen, Besteck, ihre Wintersachen.
Im Hausflur hat sie kein Licht angeschaltet, um die Motte nicht aufmerksam zu machen. Sie ist barfuß gegangen, damit die Nachbarn sie nicht hören.

*

Morgens muß Mutter Lena wachschütteln.
»Lena. Lena!« ruft sie, und Lena hört die vertraute Stimme wie aus großer Höhe.
»Sag mal, hackst du Holz, wenn wir schlafen, oder warum kriegt man dich nicht mehr wach?«
Eine Fliege prallt gegen die Fensterscheiben. Vater liest Zeitung. Mutter träufelt Ahornsirup über Lenas Müsli.
Lena schweigt.
Lena erzählt nichts von der Motte.

*

Man darf eine Menge mit zwölf.
Man darf am Samstagabend manchmal einen Film mitgukken. Man darf allein im Zug zu den Großeltern fahren. Man darf ein Haustier haben, Klavier spielen, zum Geburtstag ein Glas Erdbeerbowle trinken, sich zum Fasching schminken.

Mit zwölf darf man noch nicht ausziehen.

*

Tapetenmotte, denkt Lena müde beim Zähneputzen. Lauchmotte. Oder Kornmotte.
Lenas Leistungen in der Schule lassen nach.
Sie schlafwandelt durch den Tag. Die Lehrer und die Schüler starren sie an; die verlassene, reglose Schönheit eines toten Tiers. Kleidermotte, denkt Lena im Unterricht, oder Pelzmotte.
Vater klingt hilflos am Telefon. »Pubertät vielleicht, Trotzphase?«
»Sie sitzt und schläft mit offenen Augen«, sagt Lenas Lehrerin betont langsam. »Wenn man sie etwas fragt, antwortet sie nicht. Sie interessiert sich einfach für nichts. Es sei denn –«
Ein jähes Zirpen und Surren, als ob etwas vorbeiflöge, dann ist die Leitung still. Vater legt den Hörer zurück. Der abgerissene Satz hängt in der Luft und geht langsam zu Boden.

*

Mittags, wenn alle schlafen, fängt Lena Fliegen. Sie pflückt ihnen die Flügel und die Beine heraus und sieht gebannt zu, wie der Rumpf auf der Tischplatte zuckt. Dann sticht sie mit der Stecknadel zu.

*

Lena wird dünn.
»Iß mehr, Kind«, sagen die Großeltern. »Was wünschst du dir eigentlich zu Weihnachten, Lena?«
Wenn Lena lächelt, ist es, als fiele Licht über ihr Gesicht. Sie

geht mit langsamen Bewegungen. Der weiche, schmeichelnde Gang einer Tänzerin.
Lenas Augen aber haben etwas Befremdliches, was von ihrer sonderbaren Farbe rühren mag, ein ungewöhnlich helles Blau, das fast mit der Iris verschwimmt, so daß die schwarzen Wimpern starr und wie getuscht aussehen.
Man hätte doch aufmerksam werden müssen, würde es später heißen. Genausowenig wie Lena weinte, lachte sie laut und hemmungslos. Sie kämpfte gegen nichts, nicht gegen den Sommer und nicht gegen die für alle sichtbare Müdigkeit ihres Körpers. Dieser Körper war bezaubernd, wenn er ging, stand, saß, lag. Bezaubernd, aber unbelebt. Lena, würde man sagen, war ein Wunder an Sanftheit. Wer sie ansah, war berührt von ihr wie von einer verödeten Gegend.
»Ein Buch über Insekten«, sagt Lena so desinteressiert wie möglich und pustet sich den Pony aus der Stirn. Großmutter zieht die Luft ein und fragt schrill nach Zucker. Großvater schiebt den Stuhl zurück und geht mit dem Hund ins Freie.
Lena sieht zu Boden und schweigt.

*

Mutter träufelt Ahornsirup über Lenas Müsli. Lena ist müde und schließt die Augen. Vater liest Zeitung.
»Was ist nur mit dir los, Lena?«
Lena schweigt.
»Du hast doch was.«
Lena macht die Augen wieder auf und folgt mit dem Blick der Spur eines Weberknechts an der Wand.
»Gibt es irgendwas gegen Motten?« fragt sie leise. Dann beugt sie sich tief über ihr Müsli.
Vater sieht auf, räuspert sich und blättert dann geräuschvoll.
»Motten?« fragt Mutter vorsichtig. Sie sieht auf Vater. Der

Löffel klirrt beim Rühren. »Lavendel, glaube ich. Großmutter hat immer Lavendel in die Schränke gehängt. Aber –«
Vater steht hastig auf und wirft die Küchentür zu.

*

»Erzählen Sie doch etwas über Motten«, sagt Lena im Biounterricht. »Bitte.« Ihre Stimme ist leise, fast flehend. Sie senkt den Kopf, und der Pony hängt ihr vor den Augen. Sie schaut von unten zur Lehrerin auf. Das Echo ihrer Stimme schwebt zart wie eine Septemberspinnwebe im Raum. Dann ist es still. Erschreckend still. Die Schüler halten die Luft an.
Hinter den Fenstern flattern Falter matt vor Hitze über den vereinsamten Schulhof. Durch den blonden Vorhang sieht Lena, wie bleich die Lehrerin ist. Dabei ist draußen Sommer. Kohlweißlinge, denkt sie plötzlich. Und Nachtpfauenaugen. Die Schüler rühren sich immer noch nicht. Das Entsetzen hängt gelähmt in der Luft.
»Insekten kommen erst in der achten Klasse dran«, sagt die Lehrerin und wirft mit einem Ruck die Tafel zu.
Feuerfalter, denkt Lena mechanisch, Roter Admiral.
»Das weißt du doch, Lena.«
Aber ihre Stimme hat gezittert.
Distelfalter. Schwalbenschwanz. Trauermantel, denkt Lena und sinkt zurück, vollkommen zurück, und schließt die Augen.

*

Sie hatte die schwere Teppichrolle Stufe für Stufe die Treppen runtergeschleift. Bei jeder Stufe gab es einen dumpfen Aufschlag. Dann stand sie starr und lauschte. Aber hinter den Türen blieb es still. Auch die Luft bewegte sich nicht. Kein Flügelschlagen. Die Motte war in dem oberen Zimmer, bei dem Mädchen.

*

»Bitte«, sagt Lena, sieht ihn an und kriecht dann an ihn heran. Die Zimmertür steht halboffen.
Sie lächelt sanft, und vielleicht sind es ihre Augen, dieses ungewöhnlich helle Blau, jedenfalls schickt er sie nicht weg. Ihr älterer Bruder.
»Du hast Ideen«, sagt er zuerst, lacht unsicher und blickt dabei zur Tür. Lena lächelt wieder und hebt die Hände, mit den Handflächen nach außen. Kleine, weiche Hände mit rosigen Kuppen.
»Nur so«, meint sie leichthin, aber ihr Herz rast. »Es interessiert mich nur so.«
Er sieht aus dem Fenster, als gerade eine Libelle vorbeifliegt. Lena wird ganz still, eine Stein-Lena. Die Zimmertür steht halboffen, denkt sie.
»Also, es gibt ungefähr eine Million Arten davon. So genau weiß das niemand. Aber man vermutet, daß Insekten schon immer existiert haben. Und daß sie alles überleben werden.«
Er räuspert sich. Lena sieht auf ihre Schuhspitzen, die blau sind, hellblau.
»Und weiter?« Ihre Stimme ist so zart wie die Farbe ihrer Schuhe.
»Meine Güte, du willst es wirklich genau wissen? Es sind Landtiere, Gliederfüßer.« Er lacht freudlos. »Sie haben Kopf, Rumpf und Hinterleib. Und, nun ja, sie schützen ihren Körper mit einem Panzer.« Er räuspert sich wieder. »Ein Hautpanzer. Aus Chitin.«
»Chitin?«
»So was wie Horn«, fährt er sie plötzlich an, »– stickstoffhal-

tig –« Seine Stimme verändert sich schneller, als Lena erwartet hat. Sie spürt sie wieder: die milchweiße Angst. Wie über ihren Körper geschüttet. Er kommt einen Schritt auf Lena zu. »Man nennt es auch Außenskelett. Hast du das nicht gewußt, Lena? Insekten haben ihr Skelett außen –« Unter dem Schrank raschelt es leise. Lena sieht nicht hin. Er hat viel Weiß im Auge, denkt sie und bleibt stehen.

»Weiter«, flüstert sie.

Er legt die Finger beider Hände gegeneinander und biegt sie, bis die Gelenke knacken. Lena zuckt zusammen. »Am Rumpf«, fährt er fort, »sitzen meist zwei Flügel- und drei Beinpaare.« Er kommt näher. Das Rascheln wird lauter. Die Zimmertür steht halboffen. Hoffentlich hören es die Eltern nicht, denkt Lena und bleibt stehen.

»Weiter«, flüstert sie.

Er steht genau vor ihr und sieht in ihre Augen. »Sie haben Mundwerkzeuge.« Er greift nach Lenas Schultern. »Sie benutzen sie zum –« Sie sieht aus den Augenwinkeln etwas unter dem Schrank hervorkrabbeln.

Sie haben Werkzeuge, denkt sie wie in einer jähen Offenbarung.

Es verschwindet unter dem Bett. Eine Spinne vielleicht. Es sah irgendwie größer aus. Sie sieht auf die Unterarme des Bruders.

»Weiter?« lacht er bitter auf. »Noch mehr?«, und sein Speichel sprüht Lena ins Gesicht. Lena rührt sich nicht. Sie nickt nur. »Sie benutzen die Mundwerkzeuge zum Saugen, Lecken und Beißen. Und zum Stechen.« Seine Finger krallen sich in ihre Schultern, es knackt leise, und Lena geht langsam in die Knie. »Und die Augen?« fragt sie von unten. Ihre Stimme ist dünn. »Was ist mit den Augen?«

Da zuckt sein Blick jäh vor ihr zurück. Er reißt die Hände von ihren Schultern, sieht sie an, tritt entsetzt einen Schritt zurück

und flüstert: »Was … machst du … machst du da …«, sieht wieder auf Lena, dann noch mal auf seine Hände. Dann wischt er sich über die Lippen, dreht sich abrupt weg.
»Geh!«
»Nein«, flüstert Lena. »Warte. Sag mir, was für Augen sie haben.« Sie springt vom Boden, greift seinen Arm, bettelt. Er schüttelt sie ab.
»Was ist das nur mit dir …«, flüstert er. »Wie kannst du … du darfst nicht … Lena! Das ist doch nicht nor–«
Mutter reißt die Tür auf. Der Kopf pendelt von Lena zu ihm, wieder zu Lena. Ihr Mund zuckt.

*

Vielleicht hat Lena Glück gehabt.
Wenige Nächte, nachdem die Motte das erste Mal in ihrem Zimmer aufgetaucht war, war auch das Mädchen erschienen. Lena war aufgeschreckt von einem leisen Zirpen vor der Tür, und dicht an sie geschmiegt lag ein Mädchen, das aussah wie sie. Wie Lena.
Lena sah das Mädchen an. Das Mädchen bewegte sich nicht. Es schlief.
Als die Motte kam, war Lena schon fort.

*

Vater erzählt Lena im Bett die Spinnengeschichte. Die Spinne saß im Ohr eines Jungen und legte Eier, bis der ganze Kopf voller Spinnen war. Seine Hand liegt neben ihrem Kopf auf dem gelben Kissen.
»Und Motten?« fragt Lena und spielt mit ihren Fingern. Sie sieht ihn nicht an.
Die Hand auf dem Kissen zuckt. Lena bewegt sich nicht.

»Sie können in alle Richtungen sehen.«
Die Fenster stehen offen. Nur die Nachttischlampe ist an. Die hellblauen Gardinen bauschen sich.
»Das wolltest du doch wissen, Lena?«
Die Angst, milchweiß um ihren Körper gespült.
Von draußen hört man Grillen.
Die Tür knarrt. Vater schreckt hoch und steht auf. Schweigend geht er am Bruder vorbei aus dem Zimmer.
Lena dreht sich zur Wand.
Eine Mücke sitzt in Augenhöhe, unbewegt.
Lena ist in Sicherheit. Lena ist umgezogen. Aber dem Mädchen, das aussieht wie Lena, kann alles passieren. Lena weiß: Wenn das Mädchen einmal nachts die Augen öffnet, ist es verloren. Die Motte zerbeißt mit den Mundwerkzeugen seine Augen und kommt durch die Pupillen in das Mädchen rein.
Motten kriechen nicht in Ohren. Sie kriechen in Augen.
Lena starrt an die Wand.
Sie drückt mit dem Daumen zu. Sie spürt noch das Gewicht der Hand auf ihrem Hals. An der Wand bleibt ein Blutfleck zurück. So groß wie ihre Daumenkuppe.
Sie wissen es, denkt Lena und verschmiert den Fleck, sie wissen alle von der Motte.

*

Nacht für Nacht trägt Lena Gegenstände hinunter. Seit Monaten. Einen Stuhl, ein Nadelkissen, einen Stoffbär. Keine Lampe.
Lena ist tief unter die Erde gezogen. In den Ecken wächst Schwamm. Sie sitzt in eine Decke gewickelt, und wenn sie die Luft anhält und ganz still ist, hört sie das leise Krabbeln und Rascheln.
Vielleicht hat Lena Glück gehabt.
Niemand achtet auf Fenster in Fußhöhe. Niemand steigt

schimmelnde Treppenstufen hinab. Niemand würde Lena im Keller des Nachbarhauses vermuten.
Ab und zu fährt Lena mit dem Finger über die Fugen in der Mauer. Sie schläft nicht.
Das obere Zimmer ist nicht mehr Lenas. Jetzt ist es das Zimmer des Mädchens, das aussieht wie Lena und das in Lenas Bett liegt und schläft.
Wenn die Türklinke im oberen Zimmer sich senkt, streift Lena den Arm des Mädchens ab und verläßt leise das Bett.
Die Nächte des Mädchens sind durchsichtig. Hellblau und gelb. Sie blähen sich im schweren Atem der Motte.
Lenas Zimmer unter der Erde hat schwarze Vorhänge und Wände, an denen das Wasser runterläuft.
Es ist das Licht, denkt Lena, das milchweiße Licht, das vom Körper des Mädchens ausgeht und die Motte anlockt.
Vielleicht hat Lena Glück gehabt.
Niemand weiß von Lenas Versteck.
Jede Nacht schlägt die Stunde. Jede Nacht klopft die Motte an die Schläfe des Mädchens. Legt die Werkzeuge an. Jede Nacht entfernt sich Lena Schritt für Schritt von den offenen, milchweißen Stellen im oberen Zimmer.
Lena geht Stufe um Stufe die Kellertreppe hinab und flüstert: Insekten sind in drei Teile gegliedert. Kopf, Rumpf und Hinterleib. Sie haben Mundwerkzeuge. Sie benutzen die Mundwerkzeuge zum –
Und sie hofft inständig, daß das Mädchen schläft, das Mädchen, das aussieht wie Lena, vom milchweißen Licht seines Körpers umrahmt.
Solange die Motte im oberen Zimmer ist, streichelt Lena unter der Erde den dichten Pilz an den Kellerwänden, vergräbt das Gesicht darin, atmet die giftigen Sporen ein.

*

Insekten, liest Lena heimlich in der Schulbibliothek, haben Facettenaugen. Sie starrt auf das Foto, und ihre Hände fangen an zu zittern.
Sie erinnert sich.
Sie erinnert sich an ein sehr zartes Seufzen und Röcheln, an zuckende Augen hinter geschlossenen Lidern, an Werkzeuge, die mühelos die Hautschichten durchdringen.
Sie stößt mit dem Fuß gegen die Scheuerleiste. Ein Schwarm Silberfischchen huscht heraus. Lena tritt zu.
Sie erinnert sich an Nässe.
Sie erinnert sich an einen langen Klagelaut.
All das gehört nicht zu ihr. Es gehört zu dem Mädchen hinter den durchsichtigen Vorhängen, hellblau und gelb.
Facettenaugen, liest Lena, sind aus hundert Einzelaugen zusammengesetzt.
Lenas Fuß schabt immer noch über den Teppich und verteilt die Reste der Silberfischchen.
Hundertmal das Mädchen nackt in seinem Haar.
Hundertmal in einem zersprungenen Spiegel, und jedes der Mottenaugen sieht etwas anderes. Zieht leise die Laken fort. Schiebt das Nachthemd hoch. Kämmt das Haar zurück. Rückt das Mädchen behutsam in hundert verschiedene Positionen.
Und das Mädchen, das aussieht wie Lena, hält die Augen geschlossen.
Facettenaugen, flüstert Lena, und sie ist kurz davor, alles zu begreifen, kurz davor …
Schritte.
Lena schlägt hastig das Buch zu, stellt es ins Regal zurück. Die Frau baut sich vor ihr auf, sieht zu Lena, dann zu dem Regal, dann zu dem Fleck am Boden. Lena atmet flach. Das Buch ragt ein bißchen vor. Der Titel ist deutlich lesbar. Die Frau macht einen Schritt.

Lena wartet nicht. Sie stößt die Frau heftig zur Seite. Dann rennt sie.

*

Das Mädchen, das aussieht wie Lena und in Lenas Bett liegt, schläft jedesmal, wenn die Klinke sich senkt.

Seit Monaten schläft es. Es schläft merkwürdig tief und reglos und atmet regelmäßig dabei, zum Verrücktwerden regelmäßig, ein … aus … ein … drei Sekunden warten … aus … drei Sekunden warten … ein.

Lena schleicht unterdessen dicht an den feuchten Wänden entlang die Treppe hinunter. Auf den Stufen wachsen Flechten. Lenas Hand gleitet über das rostige Geländer, während ein Mottenflügel im oberen Zimmer über das Mädchen streift.

Wenn das Mädchen die Augen öffnet und die Motte ansieht, wird es den Verstand verlieren, weiß Lena … ein … aus … Mundwerkzeuge … ein … sie benutzen sie zum Saugen, Lecken … aus … Beißen, Stechen … ein … und das Mädchen schläft tief … aus … merkwürdig tief … ein … und Lena zieht um … aus … jede Nacht zieht sie um … ein … und der Rost des Geländers, das nach unten führt, frißt sich in ihre Hand … aus … kleine, weiche Hand, mit rosigen Kuppen … ein … und ein dünnes, nerviges Werkzeug, das sanft einen Mund aufbricht … aus … die wächserne Maske von Lenas Gesicht in der Feuchtigkeit … ein … die Nase, die über die feuchten Steine schabt … aus … milchweißes Licht, das sich ununterbrochen aus dem oberen Fenster ergießt … ein … Lenas zu helle Augen, die unruhig den Asseln folgen … aus … eine Zunge, blitzschnell, die Zähne, ein zartes Knacken … ein … aus … ein erstickter Klagelaut, so zäh und klebrig und ekelhaft wie der Ahornsirup jeden Morgen.

Lavendel, denkt Lena, Lavendel.

*

»Lavendel«, sagt Lena eines Morgens am Frühstückstisch, »hilft nicht.«
Mutter und Vater heben abrupt die Augen und sehen Lena an. Sie sagen nichts. Aber Mutters Hände zittern, als sie den Kaffee umrührt.
Lena hält die Augen gesenkt. Sie darf sie nicht ansehen. Sie darf sie auf keinen Fall ansehen. Dann verliert sie den Verstand. Wie das Mädchen letzte Nacht.
In der Schule sitzt Lena matt auf ihrem Platz.
Schädlingsbekämpfung, hat sie heute morgen im Radio gehört. Und noch drei Worte, bevor Mutter hastig den Sender wechselte.
Wenn jemand Lena eine Frage stellt, zuckt sie zusammen und sieht mit ihren hellblauen Augen scheu hinter dem blonden Vorhang aus Haar hoch und flüstert: »Campher … Naphtalin … Terpentin.«
Lena hatte schon immer eine leise Stimme.
Nicht vergessen, betet Lena, ich darf es nicht vergessen … Campher, Naphtalin, Terpentin …
Lena betrachtet ihre Hand, klein und weich, mit rosigen Kuppen, und legt sie dann auf ihren Bauch, in dem es sich ab und zu regt.

Glitzern

Die Kerzen werden knapp.
Es ist leichtsinnig, sie nur fürs Schreiben zu verbrauchen. Doch im Grunde spielt das keine Rolle mehr. Wir sind verloren.
Anna schläft.
Ich hab mich in die Küche zurückgezogen. Vom Kerzenlicht könnte sie aufwachen.
Anna braucht ihren Schlaf.
Sie darf auf keinen Fall merken, daß ich schreibe. Sie würde sofort wittern, was das bedeutet.
Es ist so kalt hier drin, und manchmal hab ich jetzt richtig Angst, daß Anna noch mal die Nerven verliert. »Du schreibst doch nie etwas«, würde sie womöglich mitten in einem Satz flüstern. Ich würde zusammenzucken, und vielleicht fiele mir ja sogar der Stift aus der Hand. Ich hätte schließlich nicht mitbekommen, daß sie aufgewacht und lautlos auf mich zugeschlichen wäre. »Niemals! Warum also gerade jetzt?« würde sie mir ins Ohr hauchen, und ihr Mund wäre kalt. Ich würde herumfahren, und dann –
Aber was schreib ich denn da?
Anna redet schließlich seit dem Ausbruch vor zwei Wochen kein Wort mehr. Wenn ein Ast aufs Dach fällt, fängt sie an zu wimmern. Wenigstens ich muß jetzt besonnen bleiben.
Ja, sicher ist es fahrlässig, die Lebensmittel und das Propangas auf überflüssige Weise zu verpulvern. Trotzdem haben Anna und ich heute einen Kuchen zusammen gebacken!
Es gibt nun mal Momente im Leben, da ist es lebensnotwendig, einen Kuchen zu backen. Und wenn es allein deshalb wäre, weil er so gut riecht. Nach zu Hause eben.

*

Vor drei Wochen ist endgültig die Elektrik zusammengebrochen. Es ist ein Wunder, daß die Leitungen bei den Stürmen überhaupt so lange gehalten haben. Anna hat sich heute im Bett an mir festgeklammert und lange geschluchzt.
»Wir kommen hier raus«, hab ich geflüstert und sie hin und her gewiegt. Sie war eiskalt. »Wahrscheinlich suchen sie schon. Sie müssen warten, bis der Schnee ein bißchen schmilzt. Sonst kommen sie nicht durch. Das ist normal. Es wird alles gut, Anna.«
Aber ich glaube nicht mehr daran.

*

Ich stehe jeden Morgen vor ihr auf, gähne laut und pfeife dann in der Küche, während ich den Schnee über der Gasflamme schmelze und zum Kochen bringe. Wir haben nicht mehr viel Kaffee übrig. Doch der Duft von Kaffee ist gerade jetzt unentbehrlich. Er beruhigt die Nerven. Er erinnert mich immer an zu Hause, an bestickte Tischdecken und ausgedehnte, fröhliche Frühstücke. Wenn Anna nach einer Weile auf der Schwelle steht, sage ich gutgelaunt »Guten Morgen« und lächle sie an.
Anna lächelt nicht.
Es ist wichtig, den Anschein von Normalität zu wahren. Die üblichen Rituale beizubehalten: munteres Gurgeln beim Zähneputzen, etwas Nettes zu ihrem Haar sagen, regelmäßig Essen kochen. Es reicht, daß sie schon einmal die Nerven verloren hat.
Ich hab sie im Bett ganz nah rangezogen, damit sie endlich warm wurde, und ihr Haar gestreichelt, bis sie eingeschlafen ist. Sie hatte die Hände zu Fäusten geballt und an ihre Wangen gelegt. Ihre Brauen waren sogar im Schlaf noch zusammengezogen. Ich hab ihre Stirn mit den Fingerspitzen massiert und

bis tausend gezählt. Erst dann hab ich das Bett verlassen, um das hier aufzuschreiben. Vielleicht hilft's ja.

*

Mehr als alles sehne ich mich danach, mit jemandem zu reden. Eine menschliche Stimme zu hören. Um einen klaren Kopf zu behalten. Aber Anna bleibt stumm, und früh glitzert nur der Schnee im Topf über dem Feuer.

Ich muß mir überlegen, was wir morgen den ganzen Tag machen könnten. Denn – das hab ich schnell herausgefunden – man muß etwas haben, womit man sich ablenkt, sonst wird man verrückt.

Der Sturm klingt tollwütig. Er wirft sich mit aller Macht aufs Dach. Wer weiß, wie lange die Planken das noch aushalten. Ich hab noch nie ein Dach repariert. Aber kein Mensch hat je unter solchen Bedingungen ein Dach repariert. Wenn der Schnee nicht so dicht liegen würde, hätte es die Hütte schon weggefegt, garantiert.

Manchmal höre ich jetzt so Geräusche unter meinen Füßen, gleich unter den Bodenbrettern, ich kann es gar nicht beschreiben, es klingt fast, als ob etwas an den Bohlen *nagen* würde. Bloß nicht daran denken.

Eins kann ich mit Sicherheit sagen, nur darf Anna davon nichts erfahren: Selbst wenn es noch eine Möglichkeit gäbe – ich würde die Hütte jetzt nicht mehr verlassen! Ich würde trotzdem hier warten. Ja, ich hab Angst. So was wie das hier hab ich noch nie erlebt. Ich hab keine Ahnung, was da draußen vor sich geht. Aber es klingt nicht gut. Ganz und gar nicht gut. Und ich will auf gar keinen Fall allein da draußen sein. In diesem überaus sonderbaren Schneegestöber.

Als ich das Thermometer am Fensterrahmen noch erkennen konnte, das war vor vier Wochen, hat es dreißig Grad minus angezeigt. Doch es ist kälter. Die Skala reicht nur nicht weiter.

*

Ich mach mir Sorgen um Anna. Sie vertraut mir doch. Sie redet zwar nicht mehr, sondern arbeitet nur noch verbissen die Tagesaufgabe ab, aber ich weiß, daß sie mir vertraut. Und schließlich war das Ganze hier meine Idee.
Sie glaubt bestimmt, daß ein geheimer Sinn dahintersteckt, wenn wir, wie gestern, die Holzwände stundenlang scheuern, bis unsere Hände wund und die Nägel zerrissen sind. Daß es uns einen Nutzen bringt, den sie auf den ersten Blick nur nicht erkennt, wenn wir das schwere Bett in die eine und den Eichenschrank in die andere Ecke des Zimmers schieben oder alle Küchengeräte aus den Schränken räumen und wieder reinstellen. Doch wenigstens glaubt sie an etwas.

*

Dabei hat alles so gut angefangen.
Ich hatte die Hütte gekauft, ohne daß irgendwer davon wußte. Ich hatte sie schon längere Zeit im Auge gehabt; sie war ja auch fast geschenkt. Gut, es war eine sentimentale Idee gewesen, zwei Weihnachtswochen mit Anna hier zu verbringen, aber darf man mit Mitte dreißig nicht noch ein bißchen sentimental sein?
Anna war begeistert wie ein Kind: »Im Wald, in einer Hütte, und nur wir beide! Wir werden keinem was verraten, ja? Wir nehmen die Ski mit. Das wird toll! Es soll Schnee geben. Jede Menge Schnee über Weihnachten, das haben sie angesagt.«
Ich hatte Anna schon lange nicht mehr so aufgekratzt gesehen. Vor allem nicht in meiner Gegenwart. Als wir hier anka-

men, waren die Wege nur hauchdünn eingestäubt. Aber immerhin: Schnee.
»Weißt du, wann ich das letzte Mal Schnee im Dezember gesehen hab?« rief sie fröhlich, als ich den Wagen von der Landstraße in den kleinen Waldweg lenkte. »Da war ich noch ganz klein. Wie das glitzert, herrlich! Du, ich glaube, das werden unsere schönsten Ferien.«
Es war schon Abend, als wir die schmalen Pfade entlangfuhren. Die Sonne stand tief. Anna hatte das Fenster geöffnet und den Kopf rausgestreckt. Das Licht lag rot auf ihrem Gesicht. Sie hatte die Schneeflocken mit dem Mund eingefangen. Ich legte meine Hand auf ihr Knie. In ihrem Haar glitzerte Schnee.

*

Anna und ich sind sechs Jahre verheiratet. Im letzten Jahr gab es fast nur noch Streit. Kleinigkeiten. Ich hab sie dabei ertappt, daß sie mir nicht mehr richtig zugehört hat oder daß es ihr egal war, ob ich in der Wohnung war, wenn sie heimkam. Daß ihr sogar die Nußomelettes egal waren, die niemand so vorzüglich zubereiten kann wie ich. Ich weiß nicht, womit alles angefangen hat. Solche Dinge passieren immer so, na ja, so schleichend. Eines Tages aber war es offensichtlich: Wir lebten nur noch nebeneinander her. Wir teilten nichts mehr als das Frühstück. Wir haben sogar schon getrennt geschlafen.
Anna kam eines Morgens im Schlafanzug und ungekämmt in die Küche, griff nach der Zeitung und kaute schweigend ein halbes Brötchen.
An diesem Tag hab ich dann die Hütte gekauft.

*

Anna hatte offensichtlich gute Laune und sah gebannt aus dem Autofenster.
»Sieh mal, ein Reh!« meinte sie nach einer Viertelstunde im Wald. »Mann, daß du hier bloß nicht die Orientierung verlierst.«
Wir fuhren sozusagen mitten in die Wildnis. Ich grinste und schwieg. Karten lesen kann keiner besser als ich. Jetzt nützt uns das überhaupt nichts. Wir würden niemals, selbst wenn wir auf irgendeine Weise diese Hütte verlassen könnten, die nächste Ortschaft erreichen. Sie ist fünfzehn Kilometer entfernt. Es gibt keine Wegemarkierungen mehr. Das Auto können wir vergessen, ich würde es gar nicht mehr finden, und wie weit kommt man, wenn man bis zum Hals im Schnee versinkt? Oder tiefer.
Doch so weit sind wir noch nicht.
Anna freute sich also über das Reh, das wir aus einem Gebüsch aufgeschreckt hatten. Die Flocken waren winzig und schwach. Ich hatte nicht mal die Scheibenwischer anschalten müssen. Unter der Abendsonne sah die dünne Schneedecke aus wie Blut.
»Winterblut.« Das hatte Anna gesagt und dabei gelächelt. Sie ist manchmal so, nun, eben poetisch.
Das war am achtzehnten Dezember.
Wir befinden uns hier in einer winzigen Holzhütte in einem ausgedehnten Waldstück, mitten in der Mark Brandenburg. Heute ist der fünfundzwanzigste März, und draußen sind mindestens vierzig Grad minus. Der Schnee liegt bis zu den Dachgiebeln hoch. Es ist totenstill. Wir sind vollkommen von der Außenwelt abgeschnitten. Anna schläft. Irgend etwas Schreckliches ist passiert.

*

Am nächsten Tag waren wir spazierengegangen. Über Nacht mußte noch ein bißchen Schnee gefallen sein, denn er lag etwas dicker auf den Wegen. Es war kalt, aber es schneite nicht. Der Himmel war grau. Ich weiß es noch, weil Anna mich darauf hinwies.
»Sieh mal, da ist noch ganz viel Schnee drin«, sagte sie und zeigte nach oben. Als ich hochsah, hatte ich schon einen Schneeball im Gesicht. Sie lachte auf und lief davon. Und ich rannte hinterher.
Wir fuhren bis zum zweiten Januar jeden Tag Ski. Anna ist eine Skifanatikerin. Ihre Leidenschaft ist zwar Abfahrt, aber Langlauf ist auch in Ordnung. Ihre Ski sind ihr Heiligtum. Sie putzt sie und wachst sie, bis sie im Licht glitzern, und immer wenn sie vorüberkommt, fährt sie zärtlich mit den Fingern erst über die Bindung und dann über die Kanten. Dieses Jahr hatte sie ihre alten, roten Holzski mitgenommen. Die hat sie am liebsten.

*

»Lachslasagne«, meinte sie am ersten Abend, als ich in der Stube gerade pfeifend eine Feuerzangenbowle ansetzte. Sie stand mit der dampfenden Keramikform auf der Schwelle. Die Flamme vor mir zitterte, und Anna lächelte dieses weiche Lächeln, fast so wie früher, als ich sie gerade kennengelernt hatte. Der Zuckerhut tropfte rötlich im Licht, und es roch süß. In diesem Moment hatte ich mir gewünscht, alles möge ewig so bleiben.

*

Am dreiundzwanzigsten Dezember saßen wir auf dem Sofa bei heißer Schokolade mit Rum. Im Radio sagten sie Schnee voraus, und Anna klatschte begeistert in die Hände. Die Abendsonne färbte das gespaltene Birkenholz vor den Fenstern. Anna sah es auch. Das Feuer prasselte, und ich stellte die Tasse zurück auf den Tisch. Ich legte die Hand in Annas Nakken und küßte ihre Stirn, die Nasenspitze und dann die Lippen.

Am Morgen des vierundzwanzigsten lag ihr Kopf an meiner Schulter. Ihre Hand schlief warm auf meinem Bauch. Da hatte ich geglaubt, es gäbe noch Hoffnung.

*

Das Telefon funktioniert seit Silvester nicht mehr. Es liegt nicht daran, daß ich es nicht aufladen konnte. Im Januar gab es schließlich noch Strom. Sogar jetzt zeigt das Display an, daß der Akku fast voll ist.

»Funkloch«, hatte ich grinsend zu Anna gesagt. »Auch nicht schlecht, dann kann wenigstens bis zum letzten Urlaubstag keiner stören.«

Wir wollten bis zum dritten Januar bleiben.

Sie hatte gelacht, ihr rotes Haar auf den Rücken geworfen und mich auf den Hals geküßt.

»Du Schwein!« hatte sie Wochen später geheult und dann plötzlich geflüstert: »Hilfe ...«

Das war während ihres Ausbruchs. Dann waren alle Geräusche weg. So, als hätte man am Fernseher die Lautstärke abgedreht. Ich war schnell gewesen, aber nicht schnell genug. Das Wort drehte sich, glitzerte auf und fiel. Aber es fiel nur einmal, danach war sie still.

Zusammen mit dem Telefon war auch unser Radio ausgefallen. Zu alt, hatte ich gedacht. Oder es hängt mit dem Wetter zusammen.

Manchmal, wenn Anna schläft, schalte ich das Radio an, und

– ja, ich weiß, es klingt verrückt – die Leitungen funktionieren! Etwas anderes stimmt nicht. Auch im Telefon hört man so ein leises Piepen und Surren und ab und zu ein unheimliches Geräusch, fast wie Atmen. Ich hab Anna nichts davon erzählt.

*

Als ich am Morgen des Abfahrtstages aufwachte, hatte ich es gleich gespürt. Da lag etwas in der Luft. Ich sah zum Kamin, das Feuer lummerte wie immer. Anna schlief noch; ich zog die Decke bis zum Kinn hoch. Es war ungewöhnlich kalt im Raum.

Auf dem Boden standen unsere am Vorabend gepackten Reisetaschen. Annas Ski lagen liebevoll verschnürt in ihren roten Skisäcken da. Wir wollten gleich nach dem Frühstück aufbrechen. Ich war mir nicht sicher, ob die zwei Wochen uns was gebracht hatten. Da war nur so ein Gefühl von Vorsicht in mir. Das war neu. Die ganzen vierzehn Tage lang waren wir uns mit ausgesuchter Höflichkeit begegnet. Ich sah zum Fenster. Jeden Morgen hatte es Schnee gegeben. Jetzt sah man nichts. Nur Eis am Glas. Ich erschrak. Das dort – das waren keine normalen Eisblumen!

Ich sprang auf. Ich strich mit dem Finger über die zentimeterdicke Schicht. Dann machte ich das Fenster auf. Was zum Teufel …

»Anna!« rief ich laut, und Anna fuhr hoch. »Verflucht, sieh dir das hier mal an. Das glaubst du nicht.«

Dann standen wir nebeneinander und sahen über die Schneedecke, die über Nacht etwa einen Meter fünfzig hoch gefallen war. Die Haustür würde sich nicht mehr öffnen lassen. Das Auto war nirgends zu sehen. Nicht mal die Silhouette vom Auto. Das Schrecklichste aber war: Auf dem Schnee lagen

Hunderte Vögel, die, über Nacht erfroren, von den Bäumen gefallen sein mußten.
Dann ging die Sonne auf. Ich wendete die Augen ab, so unerträglich glitzerte der Schnee.

*

Ich hab doch nichts Unrechtes getan!
Schließlich waren unsere Holzvorräte restlos aufgebraucht. Und vorher kam der Küchenschemel dran. Annas Ski hab ich erst danach zerhackt.
Anna stürzte wie eine Furie auf meinen Rücken, riß mir ganze Haarbüschel aus, trommelte mit den Fäusten auf mich ein und schrie und schrie.
»Du Schwein. Du Schwein! Warum hast du das gemacht?« Als ob ich ihr das Bein abgehackt hätte! »Ich hasse dich!« Hätte ich sie nicht abgeworfen und mit ein paar Tritten zur Ruhe gebracht, wäre sie vollends ausgeflippt.
Später brachte ich ihr Taschentücher und verband ihren Arm, so gut es eben ging. Sie wollte mich wegstoßen, doch sie ist ja auf mich angewiesen. Dann saß sie stundenlang vor dem Feuer und wimmerte vor sich hin: »Aber es waren doch meine Lieblingsski … die roten … ganz aus Holz … ich hab sie zur Jugendweihe bekommen … rote Holzski … keiner hatte solche … sie waren so schön … es waren doch meine Lieblingsski …«
Ich sag ja, sie ist empfindlicher als ich. Vor allem mit den Nerven. Okay, vielleicht hab ich ein bißchen überreagiert, und das mit dem Arm tut mir leid, aber Hysterie hilft uns auch nicht weiter.
Ich hab dann später am Abend noch die beiden Nachtschränke, die Regale und den Tisch zerhackt. Wir brauchten das Holz.

Am nächsten Morgen antwortete Anna nicht auf meine Fragen. Sie sagte überhaupt nichts mehr.

*

Es ist immer dunkel hier drin. Die Hütte ist jetzt völlig zugeschneit, und als der Schnee die Scheiben einzudrücken begann, hab ich die Zwischenwand zum Bad rausgerissen und die Fensterlöcher mit den Brettern zugenagelt. Wenn mein kleiner Quarzwecker nicht wäre, wüßten wir nicht mal, wann Tag und wann Nacht ist. So aber klingelt es jeden Morgen um neun, ich springe aus dem Bett, gähne vernehmlich und pfeife dann in der Küche, während ich den Schnee über der Gasflamme schmelze und zum Kochen bringe. Wenn Anna nach einer Weile auf der Schwelle steht, sage ich gutgelaunt »Guten Morgen« und lächle sie an.

Anna lächelt nicht.

Es ist wichtig, den Anschein von Normalität zu wahren. Die üblichen Rituale beizubehalten.

Daß sie nichts mehr sagt, tut mir leid. Es tut mir auch leid, daß ich sie viel penibler als früher im Auge behalten muß, aber es geht doch nicht, daß sie anfängt, sich fallenzulassen, kaum was ißt und zu lange im Bett bleibt oder sich weigert, die Tagesaufgabe zu erledigen. Wenn Anna jetzt aufgibt, muß ich den Kopf für uns beide behalten.

Wenn ich nur an ihren Versuch von neulich denke, mit dem Beil ein Loch ins Dach schlagen zu wollen. Als ob wir auch nur zehn Meter weit kommen würden, da draußen!

»Wir haben verdammtes Glück, daß gerade das Dach heilgeblieben ist. Bei diesen Stürmen, Anna!« Das hab ich ihr am Abend wieder und wieder erklärt. Sie hatte mich nicht mal dabei angesehen.

Gut, auch ich hab Angst. Man hört keinen einzigen Laut

mehr. Der Schnee schluckt alles. Nur nicht den Sturm und die gräßlichen Geräusche unter den Bodenbrettern. Es könnte doch sein, daß dieser Schnee nie mehr schmelzen wird. Daß niemand kommt und uns hier herausholt. Aber manchmal – ich weiß, das hört sich merkwürdig an –, manchmal finde ich den Gedanken gar nicht mehr so schlimm.

*

Ich bin müde. Doch ich muß das hier noch zu Ende schreiben. Ich hab also bis tausend gezählt und ihre Stirn massiert, dann hab ich das Bett verlassen. Vielleicht hilft's ja, hab ich gedacht: einfach alles aufschreiben.

Ich schreib also auch den Rest auf. Das von gerade eben, als … als ich zusammengefahren bin, weil da dieses Geräusch war. Ein sehr vorsichtiges Geräusch, aber ich hab's trotzdem gehört. Ich muß es aufschreiben …

Als ich das Notizbuch weggelegt hab, langsam aufgestanden bin und immerzu gedacht hab, täusche ich mich?

Täusche ich mich, oder ist im Nebenzimmer etwa Licht? Sollte sie tatsächlich ohne meine Erlaubnis die wertvollen Kerzen verbrauchen?

»Anna – was machst du denn da?«

Zu Ende schreiben …

Als etwas jäh aus ihrer Hand auf den Boden gefallen ist. Annas weißes Gesicht, und wie sie schnell bis ganz ans Kopfende gerutscht ist.

»Du schreibst doch nie etwas, Anna!«

Als ich näher gekommen bin. Meine Lippen an ihrem Ohr.

»Niemals! Warum also gerade jetzt?« Das Ohr war kalt.

Ich muß es aufschreiben.

Als ich mich gebückt hab und es in meiner Hand war. Als die Flamme daraufgefallen ist, und es war gar kein Stift!

Als mein Herz zersprang.
»Anna, du wolltest mich wirklich verlassen.«
Als wir beide darauf blickten und das Metall aufglitzerte. Als Annas Mund auf einmal wie ein Loch war, das immer näher kam.
»Anna, ich will, daß wir zusammenbleiben!«
Die silberne Spur und ihr Schrei, als meine Hand die Luft zerschnitt. Der Griff, rot danach.
Als ich die Kerze ausgeblasen hab.
Und dann die Stille.

Gratwanderung

Vielleicht neige ich ja wirklich zur Grausamkeit.
Als sie am verwundbarsten war, habe ich sie am meisten geliebt.

*

»Ich bin ernst. Ich heiße Eila!«
Das war vor einem Jahr.
Jetzt frage ich mich, wie mein Leben verlaufen wäre, wenn ich an jenem Nachmittag nicht aus heiterem Himmel Appetit auf ein Stück Prasselkuchen bekommen hätte.
Ich hatte mich damit auf eine Parkbank gesetzt und wollte gerade mein Buch aus der Tasche ziehen, als ich das Mädchen bemerkte.
Es balancierte auf dem Rand des Springbrunnens hin und her, der Pferdeschwanz wippte, und es ließ riesige hellgrüne Kaugummiblasen platzen. Ab und zu sah es zu mir und grinste mich an. Wahrscheinlich verwechselt es mich mit einem Mann, dachte ich. Von weitem konnte das schnell passieren. Und es wäre nicht das erste Mal. Ich lächelte nicht zurück. Das Mädchen blieb stehen und starrte auf das Wasser. Es sah wieder zu mir, dann sprang es. Das Wasser spritzte, das Mädchen lachte und kletterte auf eine der steinernen Tierfiguren.
Es saß dann mit dem Rücken gegen den Hals eines Pferdes gelehnt, guckte in den Himmel und ließ wieder Kaugummiblasen platzen. Auf mich achtete es nicht mehr, aber ich war mir sicher, daß es sehr wohl wußte, daß ich hinsah.
Nach einer Weile spuckte es den Kaugummi in hohem Bogen ins Wasser, griff in seine Plastik-Bauchtasche – wie praktisch,

dachte ich noch, so wurde nichts naß –, zog eine Zigarettenpackung hervor und begann zu rauchen. Es aschte ins Wasser und warf zum Schluß auch den Filter rein.
Dann standen zwei ältere Herrschaften am Brunnenrand und begannen zu schimpfen. Das Mädchen zog eine neue Zigarette aus der Packung, die vierte, zählte ich im stillen mit, denn im Wasser schwammen jetzt schon drei Kippen, und ließ sich nicht stören. Da verschwanden die Herrschaften wieder. Ich kaute gerade an dem letzten Bissen Prasselkuchen, als sie wieder auftauchten, im Schlepptau einen Polizisten.
»He, du!« rief der Polizist. »Runter da!« Das Mädchen blies Rauch in die Luft. Die Herrschaften schimpften. Der Polizist zog sein Handy raus. Da stand ich auf. Bis heute kann ich nicht sagen, warum eigentlich. Schließlich ging mich das Mädchen nichts an.
»Entschuldigung. Das Kind gehört zu mir.«
Der Polizist drehte sich um.
»Sind Sie sicher?« fragte er zweifelnd.
Ich rief laut: »Eila. Eila!« Der Name war aus dem Buch. Das Mädchen setzte sich tatsächlich auf und winkte. »Komm mal runter jetzt!« Es lachte und rief: »Ja-ha! Glei-heich!«, steckte die Zigaretten in die Bauchtasche zurück, sprang ins Wasser, daß es spritzte, und watete zum Rand.
»Die Kippen!« rief der Polizist drohend, und brav sammelte es die Kippen aus dem Wasser und stand dann tropfend vor mir. Ich hatte die Ordnungsstrafe gezahlt, ohne mit der Wimper zu zucken. Zum Abschluß sagte der Polizist zu dem Mädchen: »Das will ich nicht noch mal sehen, Frollein. Das ist ein Springbrunnen!«
Das Mädchen sah mir direkt ins Gesicht.
»Aber wenn man ihn bloß angucken und nicht reinspringen darf«, sagte es, »wieso heißt es dann Springbrunnen? Dann müßte es doch Guckbrunnen heißen.«

Da mußte ich lachen. Und so fing alles an.

*

»Wo wohnst du?« fragte ich, als wir die Straße langgingen. Wir haben wohl denselben Weg, dachte ich.
»Du hast mich vor der Polizei gerettet«, sagte das Mädchen.
»Freiwillig. Wieso?«
»Ich meine, mußt du den Bus nehmen, oder wohnst du hier in der Nähe?«
»Ist doch egal.«
Das Mädchen kaute wieder Kaugummi.
»Und wie heißt du jetzt wirklich?«
Die Antwort kam zwischen zwei Blasen.
»Nein«, sagte ich lachend, »jetzt mal im Ernst.«
»Ich bin ernst. Ich heiße Eila!« Und nach einer Weile, als wir vor meinem Haus standen, sagte es: »Kann ich bei dir duschen? Und hast du was zum Anziehen? Mir ist kalt.«
Es zitterte in seinen nassen Klamotten. Was soll's, dachte ich und schloß die Tür auf.

*

Nach Monaten erst registrierte ich, daß sie bei mir eingezogen war.
Eila, von der ich wußte, daß sie längst kein Mädchen mehr war, nachdem ich ihren Körper unter der Dusche gesehen hatte, war von jenem Nachmittag an fast jeden Tag gekommen. Sie stand wie selbstverständlich auf meiner Schwelle, sagte: »Ich wollte nur mal gucken, ob du da bist« und hatte immer etwas mitgebracht: einen Löffel, ein Nähkästchen, eine Batterie knallbunter Haarschleifen, die sie an einer Schnur im Bad aufhängte wie eine Girlande.

Ich hatte mir nichts dabei gedacht.
Erst als Besuch kam, sich in meiner Wohnung umsah und dann fragte: »Sag mal, bist du wieder in festen Händen?«, sah ich, daß Eila behutsam die ganze Wohnung verändert hatte. Sie hatte sie nicht okkupiert, nein, sie hatte einfach überall etwas hinzugefügt. Hier ein Tuch, dort ein paar Bildchen, eine Kerze, Kosmetik, Gewürze in der Küche. Überall stand oder hing etwas, das sie Tag für Tag zurückgelassen hatte, und alles war so langsam vonstatten gegangen, daß ich es nicht mal bemerkt hatte.

*

Eila war kein Mädchen, aber sie wollte eins sein.
Wenn ich fragte: »Wie alt bist du eigentlich?«, dann schnappte sie sich ihren Stoffbären, sah mich über seine Ohren an und sagte: Siebzehn. Oder: Fünfzehn.
Ich ließ es darauf beruhen.
Vielleicht wollte ich nicht zu viel erfahren. Zu viele Erklärungen, dachte ich, würden ja doch nur einen Berg aus unnützer Vergangenheit zwischen uns aufschütten. Selbst nach einem Jahr wußten wir so gut wie nichts voneinander, und ich war fast stolz darauf. Anstatt unsere Freundschaft durch allzu heftiges Nachforschen der Gefahr einer Veränderung auszusetzen, schwieg ich und sah lieber Eilas Haar beim Wachsen zu.
Andere Menschen versetzen mich oft in Abwehrhaltung. Eila nicht. Sie schien Antennen für meine Stimmungen zu haben. In den Momenten, wenn allein ein Telefonklingeln mich ärgerlich machen konnte, bewegte sie sich still wie weiße Seide durch die Wohnung. In anderen Momenten kam sie angestürmt, plapperte dies und das, brachte mich zum Lachen, und im Nu war meine schlechte Laune wie weggefegt. Sie hat-

te die zweideutige Ausstrahlung kleiner Mädchen, die mit Buntstiften malen, Kaugummiblasen platzen lassen und zu dünne Blusen tragen.
Am Ende des Monats lag immer ein Umschlag auf der Flurkommode, darin war die Hälfte der Miete. Auch darüber hatten wir nie gesprochen. Trotzdem hatte ich nicht das Gefühl, Eila würde bei mir wohnen. Denn genaugenommen tat sie das nicht.
Eila war nur tagsüber da. Gegen Abend zog sie ein Kleid an, schminkte sich, warf mir eine Kußhand zu, und fort war sie. Manchmal stand ich gerade auf, wenn Eila morgens zurückkam. Sie hatte geschwollene Lippen, ein merkwürdiges Glänzen in den Augen und war zerzaust. Sie lächelte mich an und verschwand im Bad.

*

Ein Wort hat sich in meinem Kopf festgesetzt und ausgebreitet. Seit Eila verschwunden ist, sage ich es immer häufiger: *Verbrechen*. Ich lasse es auf der Zunge zergehen, und es schmeckt süß an den Rändern. Wie Liebe.
Einmal, als man die Tage bis zum Ende bereits hätte zählen können, hat sie mir gesagt: »Ich werde nicht mit dir schlafen. Oder nur ein einziges Mal. Es wäre ein Verbrechen.«
»Aber warum?«
»Du bist der einzige Mensch, den ich je gewählt habe.« Ihre Antworten paßten nie auf meine Fragen. Doch sie hat mich angesehen, als wäre der Satz ein Geständnis. »Du müßtest an mich glauben«, hat sie gesagt, »aber ich bin etwas, an das niemand glaubt.«

*

Vielleicht wäre ich in der Bar einfach an ihr vorübergegangen, wenn sie nicht dieses fliederfarbene Kleid angehabt hätte.

Ich fand es ziemlich albern, doch es war ihr Lieblingskleid. Es hatte lange Ärmel, einen runden Kragen, und es war zu kurz.

»Eila, das ist ein Kinderkleid, viel zu klein für dich«, hatte ich mal gesagt. Sie war mit den Fingern die weißen Plasteknöpfe abgefahren. »Ich mag es«, hat sie geantwortet.

Sie trug es sehr oft. Nicht tagsüber, sondern abends, wenn sie ausging. Und sie wusch es fast jeden Tag. Sie wusch es und bügelte es, und wenn es ein Loch hatte, dann stopfte sie es.

Eila war schon fort, als ich das Haus verließ. Wir gingen nie zusammen aus. Auch das war eine der nicht ausgesprochenen Regeln, die ich nie in Frage gestellt hatte.

Ich bin mir sicher: Wäre da nicht das fliederfarbene Kleid gewesen, hätte ich sie in der Bar nicht erkannt, denn ihr Gesicht war brutal verändert.

Nicht, weil ihr Mund von Lippenstift verschmiert war. Nicht, weil ihre Augen mit einem harten schwarzen Strich geschminkt waren. Es war der Ausdruck in ihrem Gesicht. Ein Ausdruck wie Ölfarbe, die nicht trocknen wollte. Sie saß auf dem Schoß eines Mannes. Einmal streifte mich ihr Blick, aber es war, als ob sie durch mich durchsah. Einer ihrer Zöpfe war aufgelöst. Sie wiegte sich langsam hin und her, ihr Atem ging stoßweise, und ihre Lippen waren auf eine Art geöffnet, als hätte jemand ein Fenster eingeschlagen. Ich drehte mich auf der Stelle um und ging. Aber ich hatte alles gesehen. Die Hand des Mannes unter dem zu kurzen Kleid. Ich hatte gesehen, wie er ihr abrupt ins Haar gegriffen und ihren Kopf zurückgezogen hatte, bis er in seiner Hand lag wie eine gebrochene Tulpe, um ihren vom Lippenstift verletzten Mund zu küssen.

Ich stand draußen auf der Straße, atmete tief ein, und mir war, als sei die Luft voller Glassplitter.

*

Ich wurde wach, als sie sich auf mein Bett setzte. Ich hielt die Augen geschlossen. Sie legte eine Hand in mein Haar, sehr zart. »Ich habe dich gesehen«, flüsterte sie. »Ich habe gewußt, daß es eines Tages passieren würde.« Ich atmete gleichmäßig.
Nie hatte ich gefragt, woher das Geld kam, das sie mir monatlich im Umschlag auf die Flurkommode legte, womit sie die Lebensmittel kaufte oder ihre Kleidung, die Kosmetik und all die tausend kostspieligen Kleinigkeiten.
»Wach doch auf«, sagte sie.
Ich öffnete die Augen nicht. Es tut weh, dachte ich. Aber ich wollte sie reden hören. Alles wollte ich hören.
Das war der Moment gewesen, an dem ich wußte, daß Liebe und Haß zusammengehören. Und zwar nicht, damit man sie voneinander unterscheiden kann, sondern weil sie einander vertiefen. Denn auf einmal merkte ich, wie sehr ich sie mochte. Wie schrecklich sehr ich sie mochte.
All ihre Albernheiten und Aufmerksamkeiten, etwa wenn sie plötzlich mit den Armen voll Tüten und Pappkartons vom Deli am Ende der Straße heimkam und rief: »Laß uns mal schlemmen!«, wenn sie schüsselweise Plätzchen buk, die wir dann wochenlang knabberten, wenn sie überall in der Wohnung Blumen verteilte, sich manchmal ins Bad schlich und »Buh« machte, sobald ich aus der Dusche kam, ihre Zettelchen, die sie mir tagtäglich hinterließ – all das mochte ich.
Ich stellte mir vor, sie zu mir runterzuziehen, bis sie neben mir lag. Ich stellte mir vor, ihre Stirn und ihre Augenbrauen zu küssen. Aber dazu müßte ich aufwachen. Und dann etwas sagen.

»Es ist Arbeit«, flüsterte sie. »Und ich will es so. Ich will so leben.«
Ihre Finger auf meinen Wangen waren weich wie ein Duft. Eila verbrachte Stunden im Bad. Ich bewegte mich nicht. Wenn ich jetzt aufwachen würde, wußte ich, könnte nichts mich davon abhalten, sie zu berühren. Ich würde ihr Gesicht in meine Hände nehmen und sie ansehen, und so nah hätte ich sie noch nie gesehen. Ich würde die Fältchen um ihre Mundwinkel und um ihre Augen erkennen und jäh wissen, daß sie mindestens dreißig war.
Sie knöpfte ihr Kleid auf und legte meine Hand auf ihre Brust. Ich wußte, daß sie mich ansah. Wenn ich jetzt aufwachen würde, dachte ich, könnte ich sie küssen.
Ganz kurz zuckte das Bild auf, sie zu würgen.
Da spürte ich schon ihre Lippen. Sie öffnete meinen Mund behutsam, und ihre Zunge streichelte mich.
Ich müßte nur die Augen öffnen, dachte ich, dann würde ich die weißen Flecken zwischen ihren Brüsten sehen. Ich hatte sie schon einmal gesehen, aber nur ganz kurz, als sie in der Badewanne lag. Sie war schnell unter den Schaum getaucht, hatte geprustet wie ein Walroß und gelacht, und ich hatte mir nichts dabei denken wollen.
»Was ist das?« würde ich fragen müssen.
»Es gibt zwei Möglichkeiten«, würde sie sagen. »Eine ist harmlos: eine Pigmentstörung.«
»Und die andere?«
»Zigaretten.«
Ich wollte es nicht wissen. Ich wollte nicht wieder diesen schmerzvoll verträumten Ausdruck in ihren Augen sehen. Ich schlief, als sie mich küßte und ihre Brust meinen Oberarm streifte.
»Ich lebe ein gefährliches Leben. Aber ich habe es mir freiwillig ausgesucht.«

Sie kam von da an jede Nacht, saß neben mir und sprach. Und ich hielt die Augen geschlossen.

*

Alles wurde anders. Das Geschehene stand unausgesprochen zwischen uns. Sie wußte nicht, daß ich wach war, wenn sie nachts neben mir saß, und ich sagte ihr nicht, daß ich ihre Worte hörte.
Nachdem Eila sich jeden Abend mit einem Luftkuß von mir verabschiedete, erfaßte mich eine ungeheure Gleichgültigkeit. Vielleicht war es auch Zorn. Solche Dinge sind manchmal schwer auseinanderzuhalten. Ich schaltete den Fernseher an und versuchte, an nichts zu denken.
Doch mittags, wenn sie schlief, ging ich immer in ihr Zimmer und betrachtete sie lange.

*

Einmal, nachts, als ich vorgab zu schlafen, hat sie gesagt: »Du würdest mich nicht halten, nicht wahr? Kann ich je etwas anderes von dir erwarten als Verrat?«
Und wenn die Idee des Verrats zugleich die Idee von Liebe wäre? Jede Zeile ist die Gefahr zu stürzen. Über die Erinnerung an ihre Augen, als sie eines Mittags aufgewacht war und mich neben ihrem Bett vorgefunden hat, meine Hand noch auf ihrer Kehle. Ich wollte sie wegziehen, ich war heiß vor Scham, aber sie hat sie festgehalten und gesagt: »Ich habe Angst vor dir.«
»Warum?« hatte ich gefragt, und meine Finger hatten angefangen zu streicheln. Ich habe ihr nicht gesagt, daß ich mir immer, wenn ich dort an ihrem Bett saß, ihre Nacktheit vorstellte. Daß ich mich jedes Mal fragte, wem sie an meiner Stelle begegnet war.

Und daß ich mich fragte, ob es zischt, wenn Glut auf Haut trifft.
»Weil du die einzige bist, mit der ich nicht schlafen darf.«
Etwas in mir brach.
»Ich lebe so, als ob man barfuß auf einem scharfen Grat geht«, hat sie gesagt. »Du bist die einzige, unter deren Hand ich einfach fallen würde. Aber da ist niemand, der mich hält.«
Die Art, wie ihre Blicke mein Gesicht berührten, weckte in mir ein Verlangen von der Stärke eines Schreis.
»Sieh mich an«, sagte ich.
»Ich sehe nichts.«
Wie konsequent man das Wort Liebe durch Angst ersetzt, dachte ich.
»Ich bin hier, Eila. Du kannst mich anfassen.«
Diese Zärtlichkeit, die mich auf einmal anfiel, als ob es einen Grund dafür gäbe.
»Dann bezahl mich.« Sie hatte den Kopf zur Wand gedreht. »Oder … liebe mich.«
Ich war aufgestanden und hatte ihr Zimmer verlassen.

*

Ich hatte nicht gewußt, wie nah das Ende war. Ich hatte auch nicht gewußt, daß man von dem kontrolliert wird, was man nicht besitzen kann. Unsere letzten Tage waren vom Zauber einer auf wunderschöne Weise zugrunde gehenden Landschaft.
Ich weiß bis heute nicht, ob Eila von mir gerettet werden wollte.
Manchmal, wenn ich mittags an ihrem Bett saß, legte ich die Daumen sanft auf ihre Augen und stellte mir vor, zuzudrükken.
Ich habe schon in dem Moment in der Bar gewußt, daß ich

sie verraten würde. Denn ich habe sie geliebt, so sehr, daß ich sicher war, sie müßte es doch wissen, so sehr, daß ich glaubte, sie könnte sich nicht mehr weigern, mich wiederzulieben.

Eines Morgens fand ich sie in der Badewanne. Sie lag im Dunkeln, und als ich das Licht anschaltete, flüsterte sie: »Keinen Arzt bitte.«

Selbst in diesem Moment hatte ich geschwiegen. Hatte nicht geschrien, hatte sie nicht ins Gesicht geschlagen, sie nicht danach in den Arm genommen und ihr Haar geküßt.

Ich hatte ihr aus der Wanne geholfen, sie zitterte am ganzen Körper. Sogar ihr Mund blutete. Ich stellte keine Fragen, versorgte die Wunden, brachte sie ins Bett und ließ dann das hellrote Wasser aus der Wanne.

Später hatte ich ihren Schlaf bewacht. Sie hatte nur gesagt: »Man hat nicht immer Glück« und ein bißchen gelächelt. Ich legte die Hand gegen ihr weißes Gesicht.

*

Wir hatten den Vorfall dann einfach aus unserer Erinnerung gelöscht und mit den üblichen Albernheiten ersetzt.

Aber immer hatte ich das Gefühl, ich ginge hinter ihr auf diesem scharfen Grat, und ich ginge barfuß.

Eines Nachts kam sie wieder in mein Zimmer, und wie all die vorigen Male gab ich vor zu schlafen. Sie machte das Licht an und zog mir die Decke weg. Ich erschrak.

»Wach auf!« rief sie, und etwas in ihrer Stimme klirrte. Da war sie schon über mir.

»Was tust du?« fragte ich verstört, als sie meine Arme mit ihren Knien festhielt und meinen Schlafanzug aufknöpfte.

»Ich will dir etwas schenken. Und ich will, daß du das weißt«, sagte sie. Sie sah wieder wie ein Mädchen aus, doch sie war keines. Aber sie war viel kleiner als ich und schwächer. Ich habe sie damals vor dem Polizisten gerettet, dachte ich, als sie mein Kinn umfaßte und meinen Kopf zurückbog, als ihr Haar mir ins Gesicht fiel, als ich ihre Bisse spürte und dann ihre Nägel, die so tief gingen, daß ich zusammenzuckte.

»Dreh dich um«, sagte sie und ließ mich los. Sie ließ mir keine Zeit. Sie war schnell, und sie war stärker, als ich angenommen hatte.

»Ich werde dir weh tun«, flüsterte sie dann in meinen Nacken, und die Worte gingen noch tiefer als ihre Nägel. Ich wollte aufspringen. Sie drückte mich mit ihrem ganzen Gewicht ins Bett zurück und sagte: »Mir machst du nichts vor. Du bekommst etwas von mir, was du dir wünschst. Halt einfach still.«

Ich blieb alles andere als still und versuchte sie abzuwerfen. Da legte sie ihre Finger in mein Haar. Zuerst glaubte ich, sie wollte mich streicheln, doch sie preßte jäh mein Gesicht ins Kissen, sehr fest und so lange, daß ich dachte, sie würde mich ersticken.

»Ich werde dir weh tun –«, wiederholte sie leise, als sie losließ und ich mich nicht mehr wehrte. Sie schob meine Hose ein Stück runter.

Am beschämendsten war das Geräusch. Ich preßte die Arme gegen meine Ohren, um das Klatschen nicht mehr zu hören, und biß ins Kissen, um meinem Stöhnen zu entgehen, als sie nach einer Weile mit den Nägeln über die geschundene Haut fuhr. Ich war heiß vor Entsetzen und vor Lust. Sie fuhr mit ihrer Hand tiefer in die Hose, zwischen meine Beine, und berührte mich dort. Ich spürte ihr Haar über die schmerzende Haut streifen, es fühlte sich an wie Strom, und ich wußte, daß sie sich runtergebeugt hatte, um mich zu betrachten.

»– und ich werde dich lieben«, flüsterte sie, bevor sie meine Schenkel auseinanderschob, sie offenhielt und mit der Zunge in mich reinging. Kurz bevor ich kam, hörte sie auf. Sie lachte leise. Und dann schlug sie wieder zu.

*

Ich hatte das erste Mal vor Lust geweint.

Später lag sie an meiner Schulter, weich und lächelnd, und mir tat alles weh. Ich betrachtete ihr kleines Gesicht. Sie streichelte meine Ohren, meine Wangen, meine Lippen.

»Warum ich?« fragte ich. Ich hatte plötzlich das Bild am Springbrunnen vor Augen, wie sie rauchend auf dem Steinpferd gelegen und in den Himmel geguckt hatte.

»Du bist die einzige, die ich je gewählt habe. Und das gerade war keine Arbeit.« Sie sagte das so leise wie ein Geheimnis, das man gut hüten mußte.

»Ich weiß«, sagte ich. Sie sah mich an, als würde sie auf etwas warten, und als es nicht kam, zog ein schmerzvoller Ausdruck über ihr Gesicht.

Etwas daran machte mich wütend. Ich sprang aus dem Bett und verbrachte den Rest der Nacht im Wohnzimmer.

*

Jetzt ist sie verschwunden.

Vielleicht neige ich ja wirklich zur Grausamkeit. Aber eine angeschaltete Glühlampe am hellichten Tage ist lächerlich. Erst das Verbrechen ist in der Lage, die Liebe aus all ihren Zusammenhängen zu heben und sie zum Strahlen zu bringen. Ich habe Eila einfach zu Ende geliebt. Bis ganz zu Ende. Es ist nicht so, daß ich nicht auch leiden würde.

Vor drei Wochen stand sie abends in ihrem fliederfarbenen Kleid vor mir und hat gesagt: »Ich bin also wirklich etwas, an das niemand glaubt.« In ihrem Gesicht war wieder diese

schmerzvolle Verträumtheit gewesen. Dann hat sie sich umgedreht und ist gegangen.
Huren glaubt man nicht. Und das, was man nicht besitzen kann, wird man eines Tages zerstören.
Ich hatte einfach den Umschlag zurück in ihr Zimmer gelegt.

Ausfälle

Sie hatten schon immer ganz oben gewohnt.
Auf dem Gipfel. Dort, wo manchmal sogar im Sommer feiner, weißer Schnee lag. Wohin man nur mit einem Ballon fliegen konnte. Ein richtiges Schloß mit Türmen und Zinnen.
Im Garten stand eine Vogelvoliere, und die zartköpfigen Rosen dufteten in der Nacht. Das Mädchen schlenderte morgens mit Mutter und Vater an den Rhododendronbüschen entlang. Sie machten alles gemeinsam. Sie kochten und aßen zusammen, sie harkten die Beete und schnitten die Bäume zu Schwänen und Einhörnern. Sie schliefen sogar gemeinsam in dem schönsten Raum des Schlosses.
Jeden Nachmittag gab es Torte auf silbernen Tellern. Schokoladentorte, Marzipantorte, Nußtorte. Im Frühling aßen sie Erdbeeren mit Schlagsahne und schmückten die Bäume mit Girlanden. Im Herbst machten sie eine Ballonfahrt. Das war der Höhepunkt des ganzen Jahres. Sie saßen zu dritt im Korb, und das Mädchen fing ein paar Sonnenstrahlen ein und fädelte sich daraus eine Glitzerkette. Sie stiegen hoch und höher und konnten das Schloß von oben sehen.

Jeden Tag kommen zwei. Sitzen lange am Bett, sagen nichts. Julia antwortet ohnehin nicht. Sie klappt die Augen auf und zu. Atmet.
Beata steht jeden Tag in der Tür und denkt: Sie wartet nur auf den Moment, wenn sie wieder gehen.
Irgendwann beugen sie sich über Julia, berühren ihre Wange, und Julia rührt sich nicht. Wenn die zwei aufstehen, sieht sie ihnen nach. An der Tür drehen sie sich noch einmal um. Julia lächelt nicht.

Das Mädchen konnte sich nicht mehr daran erinnern, wann die Stromausfälle anfingen.
Sie geschahen in der Nacht, wenn niemand etwas davon bemerkte. Doch am Morgen zeigte der Radiowecker absurde Zeiten an. Das Mädchen hatte sich nichts dabei gedacht. Auf einem Schloß kamen Stromausfälle vor. Außerdem war der Radiowekker nicht wichtig. Im Park stand die Sonnenuhr aus Gold, und Sonne gab es auf dem Gipfel jeden Tag.

»Bitte iß«, sagt Beata, und Julia blickt sie verstört an.
Manchmal sagt sie: »Lassen Sie mich.« Manchmal sagt sie: »Haben Sie mir ein Buch mitgebracht?« Manchmal sagt sie: »Ich möchte schlafen.«
»Wenn du ißt, laß ich dir dieses Buch hier«, sagt Beata und zieht ein großes blaues aus ihrer Tasche.
»Gehen Sie weg«, sagt Julia leise. Sie wandert mit den Fingern ziellos über die Bettdecke. »Ich lasse mich nicht erpressen.«
Beata bleibt neben dem Bett stehen. Julia blickt auf ihre Hände.
»Sieh mich an«, sagt Beata. »Weißt du, warum du hier bist?«
Julia starrt Beata an, und die bekommt vor diesem Blick fast Angst. Ein Blick, pechschwarz von Haß.
Was ist das nur, denkt sie. Es ist doch nur ein kleines Mädchen. Zehn Jahre.
Der Blick versinkt in Julia. Sie zieht die Decke bis ans Kinn, immer ist ihr kalt.
»Als ob Sie das nicht wüßten!« flüstert sie, und die Worte kommen scharfkantig aus ihr heraus, so wie die Knochen aus ihrer fast durchsichtigen Haut herauskommen wollen. »Es ist ein Plan. Erst hat das Ding meine Eltern umgebracht, und jetzt will es das gleiche mit mir tun. Aber ich –« Julia verstummt.
Sie macht Beata Angst. Vielleicht, weil sie weiß, daß Julia nicht

dumm ist. Sie ist sogar außergewöhnlich intelligent. In der Schule hat sie eine Klasse übersprungen, und selbst hier, im Krankenhaus, lernt sie fast pausenlos. Liest, rechnet, schreibt.
»Was schreibst du da eigentlich?« hatte Beata einmal gefragt. Julia hatte abrupt das Heft zugeschlagen und es unter ihr Kissen gestopft. »Ist doch egal!«
Beata hebt die Hand und läßt sie wieder sinken. Julia dreht sich weg.
»Deine Eltern haben dich hierhergebracht«, sagt sie langsam und legt dabei ihre Hand auf die Decke, wo sie Julias Arm vermutet. Das Ärmchen, denkt sie. »Deine Eltern machen sich große Sorgen.«
»Meine Eltern sind tot!«
»Aber –«
»Lassen Sie mich. Lassen Sie mich doch einfach schlafen.«
Und dann zieht sie die Decke über den Kopf und weint.

Mit den Stromausfällen fing das ungewöhnliche Wachstum der Pflanzen im Schloßpark und im Wald an. Das Mädchen sah morgens staunend aus dem Fenster. Es betrachtete die Zaunwikke und den goldrandigen Efeu, die den Boden überwuchert hatten und schon die unteren Äste der Rhododendronbüsche betasteten, sah, wie hellgrüne Misteln sich über Nacht in den Baumkronen eingenistet hatten und die Arme nach Zweigen und zartem Laubwerk ausstreckten. Der Frühling ist üppig dieses Jahr, dachte es.
Doch dann traten die Ausfälle auch tagsüber auf.
Sie saßen beim Frühstück im Gartensaal, und die Lampen an den Wänden hatten sie nur für die Atmosphäre angemacht. Es war ein klarer Frühlingsmorgen.
Die Stromschwankung war kurz. Die Lampen flackerten ein bißchen, und der Kassettenrekorder leierte für ein paar Sekunden. So kurz, daß das Mädchen erst darauf reagierte, als alles

vorbei war. Mutter und Vater aber waren jäh verstummt und hatten sich angesehen. Als sie dann weitersprachen, klangen ihre Stimmen anders als sonst.

Beata liegt in der Wanne. Sie kommt an Julia nicht heran, und sie kann selbst zu Hause nicht aufhören, nachzudenken.
Dabei sieht sie so was doch nicht zum ersten Mal.
Sie seift ihre Arme ein, festes Fleisch, runde Ellbogen, und ihr wird ein bißchen übel.
Anorexie.
Julia brachte sich auf systematische Weise um, raffiniert und fast schon anmutig. Beata hatte heute beim Abendessen neben ihr gesessen. Julia hatte das Tablett vor sich gehabt, eine winzige Portion: eine Scheibe Brot, Butter, ein Stück Käse, zwei Radieschen, etwas Blattsalat. Beata saß und paßte auf, daß sie aß.
»Erzähl mir, was du träumst«, hatte sie gesagt. Julia spricht nicht mit dem Therapeuten. Sie dreht sich einfach weg, wenn er kommt, weigert sich, ihn auch nur anzusehen. Aus irgendeinem Grund ist Beata die einzige, zu der Julia Vertrauen hat.
Sie hatte mit dem Essen gespielt. Hatte die Scheibe Brot erst halbiert, sehr zierlich mit dem Messer, und hatte eine Hälfte zur Seite geschoben. Das macht sie immer, denkt Beata. Sie halbiert ihren Teller. Die eine Seite war gut, die andere böse. Auf die böse Seite kam das, was sie nicht essen würde. Butter, Dressing und Fleisch lagen immer sofort auf der bösen Seite.
»Ich träume nur einen einzigen Traum«, hatte Julia gesagt und die andere Hälfte des Brots wieder halbiert. »Wie meine Eltern umgebracht werden, und ich kann nichts dagegen machen.«
Sie halbierte die Hälften so lange, bis schließlich lauter fingernagelgroße Stücke auf der guten Seite lagen. Eins davon belegte sie mit einem ebenso winzigen Stück Käse. Dann schnitt sie

sorgfältig ein Radieschen klein, auf dieselbe Art wie vorher das Brot, und legte ein hauchdünnes Scheibchen auf den Brotschnipsel. Den spießte sie auf die Gabel.
»Ich träume, daß ich mit meinen Eltern spazierengehe, und alles ist gut. Meine Mutter beugt sich zu mir runter, und auf einmal ist ihre Stimme ganz anders. Ich sehe sie an, und dann –«
Sie schob den Schnipsel in den Mund und kaute lange.
»Es sind ihre Augen. Da ist etwas in meine Mutter reingeschlüpft. Ein Ding. Und das hat sie von innen aufgefressen.«
Beata starrte Julia an.
»Von außen kann man es nicht sehen. Von außen ist es meine Mutter. Aber das stimmt nicht. Das Ding sitzt drin und hat nur die Haare und die Haut von meiner Mutter um sich. Aber ihre Augen –«
Julia schob einige Brotschnipsel unter ein Salatblatt.
»Sie hat braune Augen, meine Mutter. Doch wenn das Ding in ihr ist, werden sie hell. Fast schon silbern. Und da weiß ich, gleich kommt es raus. Aus den Augen. Gleich holt es mich. Ich will nach meinem Vater rufen, aber der steht ja schon da, vor mir, und ich sehe nur noch dieses Glänzen, wo eigentlich die Pupillen sind. Und dann … dann renne ich einfach los.«
Sie hatte noch einen zweiten Schnipsel gegessen und den Teller dann weggeschoben.

Die Ausfälle traten häufiger auf, auch tagsüber, und der Strom blieb jedesmal länger weg.
Die Eltern lachten, als das Mädchen nach dem Grund fragte. Sie sagten: »Es sind die Kabel unter der Erde. Die sind ein bißchen zu alt. Wir warten einfach bis zum Herbst, dann fliegen wir mit dem Ballon in die Stadt und holen jemanden, der das repariert.«
Im Schuppen standen der Korb und der Ballon.

Manchmal überprüften sie den Stoff, den Flammenwerfer und den Zustand des Flechtwerks am Korb.
»Wieso kann man mit dem Ballon eigentlich fliegen?« fragte das Mädchen einmal. »Wir sind doch so schwer, alle zusammen.«
»Man heizt die Luft«, sagte der Vater und wies auf den Flammenwerfer.
»Um fliegen zu können, muß man leicht sein«, sagte die Mutter. »Und heiße Luft ist leichter als kalte Luft.«
»Manchmal nimmt man auch Gas dazu«, sagte der Vater.
Das Mädchen stand daneben und nickte.
»Ja, und weil wir drei zusammen ziemlich schwer sind«, sagte die Mutter, »muß der Ballon ganz groß sein, denn da muß so viel Leichtigkeit drin sein, daß wir, der Korb und der Flammenwerfer trotzdem noch leichter sind als die Luft draußen. Und wenn plötzlich ein Vogel kommt und ein Loch in den Stoff pickt, dann strömt die Leichtigkeit raus, und man muß Ballast abwerfen, damit man trotzdem noch eine Weile oben bleibt.«
Sie schlossen die Schuppentür und gingen in den Rosengarten. Zwischen den Rosenstöcken brachen vereinzelte Ringelblumen und wilde Margeriten die Erde auf. Der Wiesenkerbel mit seinen gefiederten Blättern gefiel dem Mädchen. Aber auch der hatte da noch nie gestanden. Mutter und Vater schienen nichts davon zu bemerken.

»Deine Eltern leben doch«, sagt Beata am nächsten Morgen. Sie hat plötzlich das Bedürfnis, mit ihren Fingern durch Julias dünnes Haar zu fahren, um herauszufinden, ob es in der Kopfhaut bleiben würde oder ob es herausfiele. Alles schien von diesem Kind zu fallen, das Nachthemd vom Körper, das Fleisch von den Knochen, das Lächeln von den Mundwinkeln.
»Nein«, sagt Julia.
»Sie kommen jeden Tag!« beharrt Beata. »Sie sitzen hier. An deinem Bett.«

»Sie meinen die zwei?« Das Erstaunen hört sich echt an. »Das sind doch nicht meine Eltern!«
Wie geschickt muß man sein, um einen lebensbedrohlichen Zustand so lange zu verbergen, fragt sich Beata. Sogar vor den eigenen Eltern. Julia hatte dicke Pullover getragen. Aber haben die Eltern denn nicht gemerkt, daß sie nicht mehr gegessen hat?
»Wer sollen sie denn sonst sein?«
»Ich weiß nicht«, sagt Julia. »Woher soll ich das denn wissen?«
Beata atmet ein.
»Julia, Sie sind fünfzehn und nicht zehn. Sie wollen wie ein Kind behandelt werden, aber Sie sind kein Kind mehr, und daran ändert auch nichts, daß Sie nicht mal dreißig Kilo wiegen.« Sie faßt Julia scharf ins Auge. »Wissen Sie, was passiert, wenn Sie sich weiterhin weigern zu essen? Ihr Körper ernährt sich bereits von Ihren Knochen. Sie werden einfach sterben, Julia. Ich bin Ärztin, und wenn Sie nicht freiwillig essen, werde ich veranlassen müssen, daß Sie intravenös ernährt werden. Und das ist der letzte Zustand, in dem ich Sie sehen möchte, glauben Sie mir das bitte.«
Julia dreht sich zur Wand. Sie schafft es kaum zwei Runden durch den Park. Im Sportunterricht hatte sie zu den Besten gehört. Sie hatte sich immer bis zum Letzten verausgabt. »Ihre Ausdauer war unglaublich«, hatte die Lehrerin gesagt. »Sie lief die dreitausend Meter wie nichts, und wenn sie ins Ziel kam, schwitzte sie nicht mal.« Aber dann war Julia eines Tages einfach umgekippt.
»Ach, wissen Sie denn nicht«, sagt Julia leise, »was passiert, wenn die schlimmste Angst auf einmal wahr wird?« Beata sagt nichts. »Man wird schlagartig ganz ruhig. Nichts spielt mehr eine Rolle. Man hat vor nichts mehr Angst. Nicht mal vorm eigenen Tod. – Ich möchte einfach nur noch schlafen.« Und dann sieht sie Beata an mit müdem Blick und einem behut-

samen Lächeln, als müßte sie nicht sich, sondern die Ärztin schützen.
Sie spricht wie eine alte Frau, denkt Beata.
»Aber wovor hatten Sie denn solche Angst?«
»Vor dem Tod meiner Eltern.«

Sie waren gemeinsam spazierengegangen. Es war ein lauer Frühlingsabend, und sie hielten sich an den Händen. Das Mädchen war in der Mitte.
Sie waren recht tief in dem kleinen Wald, als auf einmal alle Laternen am Wegrand ausgingen. Das Mädchen hatte gelacht. Sie blieben stehen, ließen sich los, und Vater suchte in seiner Jacke nach der Taschenlampe, die er neuerdings überallhin mitnahm.
»Guckt mal«, sagte das Mädchen und wies zwischen die Bäume. »Das Schloß ist auch ganz dunkel.«
Keiner sagte was.
»Was machen wir eigentlich morgen?« fragte das Mädchen, als die Taschenlampe leuchtete und sie weiterliefen. Es hörte ein Geräusch aus dem Unterholz. Als ob da etwas herumkroch. Das Mädchen konnte nichts erkennen, der Strahl der Taschenlampe war nur auf den Weg vor ihnen gerichtet.
»Wir zwei könnten morgen ja mal auf den Boden steigen und dort ein bißchen aufräumen. Was meinst du?« sagte die Mutter.
Das Herz des Mädchens machte einen Sprung, auf den Boden wollte es schon immer. Es hieß, der Boden wäre voller Schätze. Bücher lägen dort in goldenen Kisten. Es hieß, Spielsachen und Schmuck wären in Koffern verborgen, und es gäbe Brokatstoffe und Kleider in hölzernen Truhen, die jemand vor hundert Jahren dort abgestellt hätte.
Am Wegrand knisterte und raschelte es lauter. Ein Fuchs vielleicht, dachte das Mädchen. Aber es klang nicht wie ein Tier.
»Tanja!« sagte der Vater leise und scharf. Das Mädchen konnte die Gesichter der Eltern in der Dunkelheit nicht sehen. Sein Herz

sank wieder. Erst jetzt fiel ihm auf, daß die Mutter gesagt hatte: »wir zwei« und nicht »wir drei«.

Den Boden hatte seit hundert Jahren niemand mehr betreten. Die Dachfenster waren seit Ewigkeiten zerschlagen, weil niemand sich traute, emporzusteigen und sie zu reparieren. Der Sturm zog sich dorthin zurück. Die letzte, die dort oben war, soll eine Zofe gewesen sein, und sie war zu Tode gekommen. Es hieß, sie wäre durch die Decke in den Ballsaal gestürzt, an einer von Mäusezähnen dünngenagten Stelle, und der Ballsaal war sieben Meter hoch.

Das Mädchen wäre trotzdem gern auf den Boden gestiegen.

»Hör mal«, sagte der Vater sanft, »soll ich dir nicht lieber zeigen, wie die alte Heizanlage funktioniert?«

Und das Mädchen brach innerlich in Jubel aus.

In seinem Rücken zischelte etwas. Es klang sehr nah. Das Mädchen versuchte, nicht darauf zu achten.

Die Heizanlage war nicht mehr in Betrieb, aber das Mädchen hatte in der Schloßchronik darüber gelesen. Der Ofen sollte so hoch wie zwei Menschen sein, und wenn man ihn heizte, fing er an zu glühen, und schließlich brüllte er wie ein Tier. Manchmal, so stand es geschrieben, bewegte er sich langsam durch den Keller dabei.

»Christian!« hatte da die Mutter gerufen, und des Mädchens innerer Jubel erstarb sofort.

Es wußte, daß man den Betrieb der Anlage eingestellt hatte, weil sie vor langer Zeit einmal fast explodiert wäre. Der Ofen war zornrot durch den Keller gesprungen und hatte Löcher in die Wände gerissen. Nur ein einziger todesmutiger Arbeiter hatte es gewagt, sich ihm in den Weg zu werfen und entsprechende Luken zu öffnen, Hebel umzulegen und an großen Rädern zu drehen, daß der Druck entweichen konnte und das brüllende Ungetüm sich wieder beruhigte. Der Arbeiter hatte jedoch so starke Verbrennungen davongetragen, daß er noch an Ort und Stelle starb.

Die Eltern sahen auf das Mädchen. »Da mußt du dich wohl entscheiden«, sagten sie gleichzeitig.
Sie machten Spaß. So gefährliche Dinge würden sie nie machen. Und außerdem machten sie alles gemeinsam und nicht einzeln. Trotzdem hätte das Mädchen die wütende Heizanlage gern einmal mit eigenen Augen gesehen.
In diesem Moment gingen die Lichter wieder an. Alle drei blinzelten in der plötzlichen Helligkeit. Der Vater blickte verwirrt auf die Taschenlampe in seiner Hand.
Das Mädchen drehte sich um und erschrak. Auf dem Weg zitterten lange Triebe von Brombeeren, die aus dem Unterholz am Wegrand herausgewachsen waren. »Guckt mal! Wie kleine Arme. Die waren vorhin noch nicht da. Das weiß ich ganz genau.«
Mutter und Vater achteten nicht auf den Boden, sondern sahen auf das Mädchen, als würden sie noch immer auf eine Antwort warten. Da lachte es, weil es ihnen im Dunkeln beinah geglaubt hatte. »Ihr immer mit euren Spielen!«
Mutter und Vater fuhren sich durchs Haar. Dann lächelten sie und sagten: »Wovon redest du?«
Als sie den Weg zurückgingen, riß das Mädchen sich an den stacheligen Trieben ein Loch in die Kniestrümpfe.

»Heute nacht hätte es mich fast gekriegt.«
»Was?« fragt Beata.
»Das Ding, das meine Eltern umgebracht hat.«
Julia sagt das in einem gleichgültigen Ton.
Sie liegt verschwitzt im Bett. Sie macht heimlich Sport, um Kalorien loszuwerden, weiß Beata. Sie war einmal reingekommen, als Julia auf der Stelle rannte, mit angestrengtem Blick. Sie starrte dabei zum Wecker auf dem Nachtschrank, und Beata hatte sich gefragt, wie lange sie das schon machte.
»Ich hab nur noch die hellen Augen gesehen, und dann hatte das Ding in meiner Mutter schon nach meinem Arm gegrif-

fen. Ganz fest. Ich wollte mich losreißen, aber es war schon zu spät. Das Ding in meinem Vater packte meinen anderen Arm, und dann haben sie angefangen zu zerren.«

Julia ißt am Morgen einen halben Apfel, am Mittag einen halben Teller Suppe und am Abend eine halbe Scheibe Brot. Das ist viel zu wenig, aber Beata will noch eine Woche abwarten. Gestern hatte Julia sie angesehen und gesagt: »Ich werde fett und schwer. Hier!« Sie hatte Beatas Hand auf ihren Bauch gelegt, eine Höhlung, und sie dabei mit diesem pechschwarzen Blick angesehen.

»Sie haben mich umgeworfen und dann an meinen Beinen gezerrt.«

Schweigen.

»Dann war da nur noch dieses Geräusch.«

Julia sah aus dem Fenster.

»Als ob Stoff zerreißt.«

Schweigen.

»Aber es war Haut.«

Sie sah zurück auf ihre Bettdecke.

»Ich hatte Glück. Ich bin aufgewacht.«

Eines Nachts wurde das Mädchen von sonderbaren Geräuschen wach. Es drückte auf den Knopf seiner Nachttischlampe, doch es blieb finster. Da bekam es ein bißchen Angst, es wußte nicht mal, wovor, und rief ins Dunkel: »Mutti? Papa?«

Erst nach einer Weile antwortete einer, aber das Mädchen wurde trotzdem nicht ruhig.

Wann wird es endlich Herbst, dachte es.

Es lauschte auf die Geräusche. Als ob immerzu etwas von den Wänden fiel.

Tiere vielleicht. Sie fielen von den Tapeten und krochen im Raum herum. Das Mädchen zog die Decke über den Kopf.

Ich weiß, warum der Strom wegbleibt, dachte es. Die Pflanzen sind schuld. Die Wurzeln haben sich um die Kabel gelegt und erdrosseln sie langsam.

Als das Mädchen am Morgen erwachte, sah es, daß Laub durch die offenen Fenster hereingeweht war. Grünes Frühlingslaub und darin verkrallt die zungenartigen Blätter der Misteln. Dabei hatte es doch gar keinen Sturm gegeben. Das Mädchen ging zum offenen Fenster und zuckte zurück. Über dem Glas lag eine dichte Spinnwebe, kunstvoll, fast schon schön. Eine Spinne kann unmöglich so viel in einer einzigen Nacht weben, dachte es. Dann sah es die umgefallene Eiche im Schloßgarten. Sie hatte die Sonnenuhr unter sich begraben. Das kann nicht sein, dachte das Mädchen. Wenn so ein großer Baum umfällt, müßte es einen ohrenbetäubenden Krach gegeben haben. Das Mädchen warf das Fenster zu. Rost fiel von den Angeln. Dabei waren die Fenster ganz neu.

»Mutti! Papa!« Das Mädchen rief ängstlich und drehte sich zum Bett der Eltern um. Irgendwas Unheimliches passierte hier über Nacht auf dem Gipfel.

Die Eltern antworteten nicht. Sie lagen nicht im Bett. Das war noch nie vorgekommen. Sie waren immer zusammen. Das Mädchen ging die Wendeltreppe hinunter und rief nach ihnen, aber es kam keine Antwort.

Julia weint.

»Lassen Sie mich nicht mehr mit den beiden allein. Nie, niemals!« schluchzt sie. »Und nehmen Sie die Blumen hier weg!« Sie greift nach der Vase und schleudert sie auf den Boden. Die Rosen schwimmen zwischen den Scherben.

Beata hat immer in der Tür gestanden, wenn die zwei kamen. Julia hatte darauf bestanden. Aber heute ist sie kurz weggegangen.

»Julia, was ist denn in Sie gefahren!«

»Sagen Sie nicht Sie zu mir!«

Die Eltern waren fort.
Das Mädchen suchte den ganzen Tag, aber es konnte sie nicht finden.
Es hatte irgendwann das Radio in der Küche angemacht, damit es zumindest Musik hörte, denn die Stille des Schlosses machte ihm angst.
Das Verschwinden der Eltern war unbegreiflich. Man konnte sich auf dem Gipfel nicht verstecken. Der Wald war nicht groß, auch der Schloßgarten war schnell umwandert. Das Mädchen streifte durch die langen Gänge des Schlosses, sah in jeden Raum hinein und rief.
Sie machen Spaß, sagte es sich die ganze Zeit. Sie haben sich ein Spiel ausgedacht und wollen, daß ich sie suche.
Als die Musik ausging, dachte das Mädchen zuerst, daß die Eltern zurück waren, und rannte in die Küche. Doch es war nur der Strom ausgefallen. Die Abenddämmerung kam langsam.

Julia krallt sich an Beata fest.
»Bitte nicht«, schluchzt sie. »Schließen Sie mich nicht an die Maschine an.«
Die Woche ist um, und Julia ist immer leichter geworden.
»Das will das Ding doch nur, verstehen Sie das denn nicht? Mit der Maschine will es auch mich noch umbringen. Wie meine Eltern.«
»Julia, es tut mir leid.«
»Wenn ich schlafe, dann träume ich den Traum«, unterbricht Julia flüsternd und sieht sich dauernd um. »Und wenn ich aufwache, dann stehen die zwei an meinem Bett. Bitte gehen Sie nicht weg. Nie mehr!« Beatas Arm tut weh, so fest krallt sich Julia.

Die Sonne ging unter, das Licht wurde immer schwächer, und der Strom kam einfach nicht zurück. Das Mädchen hatte in der

Küche zitternd nach Kerzen gesucht, schloß sich in den kleinsten Raum des Schlosses ein, zündete die Kerzen an und betete, daß die Eltern endlich mit dem Spiel aufhörten und wieder auftauchten.
Es hatte überall gesucht.
Die Rosen im Garten waren fast vollkommen von Taubnesseln, Schafgarbe und Löwenzahn überwuchert gewesen. Nur hier und da hatte ein welker Kopf aus dem Unkraut geragt. Überall wisperte und raschelte etwas. Die rotborstigen Zweige des Haselnußstrauches hatten nach dem Haar des Mädchens gegriffen, und die Vögel in der Voliere waren wie aus Wut immer wieder gegen das Gitter geflogen.
Das Mädchen wußte: Es würde auf keinen Fall wieder rausgehen. Vor allem nicht im Dunkeln. Als es durch den Wald gelaufen war und nach den Eltern gerufen hatte, waren vor und hinter ihm Äste und Zweige auf den Boden geprasselt. Aber kein Lüftchen wehte.
Das Mädchen saß und lauschte. Die Dunkelheit wurde dichter. Die Kerzen flackerten, dabei waren die Fenster fest verschlossen. Und dann hörte es die ersten Geräusche.

»Julia, da ist doch etwas, was Sie … was du mir verschweigst.«
»Dieses Geräusch …«, flüstert Julia, hebt den Kopf, sieht sich im Raum um und zieht dann Beatas Hand ans Gesicht, »… ist so entsetzlich. Als ob Stoff zerreißt. Und dann strömt die ganze Leichtigkeit raus. Aber es ist kein Stoff … kein Stoff …«
Sie legt den Kopf aufs Kissen zurück und schläft ein. Sie schläft sehr viel. Beata öffnet vorsichtig Julias Faust und zieht ihre Finger heraus. Sie beobachtet das schlafende Gesicht, als sie unter das Kissen greift und das Heft hervorzieht.

Als die Pflanzen das Fenster eindrückten, fing das Mädchen an zu schreien. Wind schoß ins Zimmer und löschte alle Kerzen. Die

grünen Arme des Efeus krochen das Fensterbrett die Wand zum Fußboden herunter. Das Mädchen konnte das Gleiten und Tasten der Blätter hören. Es rannte zur Tür, riß sie auf und blieb in einer riesigen Spinnwebe hängen. Es zerschlug die Fäden mit den Armen und rannte schreiend den langen Gang hinunter. Es mußte in die Speisekammer, dort waren keine Fenster. Überall zerklirrte Glas. Der Sturm heulte im Schloß und riß alles um.
Als das Mädchen in der Kammer stand und den Schlüssel herumdrehte, hörten augenblicklich alle Geräusche auf. Es stand im Dunkeln, und die Stille drückte plötzlich von allen Seiten.
Das Mädchen setzte sich auf den Boden, wiegte sich ganz leise, und endlich hört es die Stimmen.
»Julia … meine Kleine … Julia?« rief ihre Mutter. Die Stimme kam von weither, aber sie war irgendwo im Schloß.
»Komm zu mir, Julia«, rief der Vater aus einer anderen Richtung. Das Mädchen lauschte angestrengt, aber es konnte nicht herausfinden, wo die Eltern sich befanden.
In die Stimmen eingewoben war ein Wispern und Ranken und ab und zu ein hohes Trillern, und das Mädchen wußte, daß die Zweige der Grauerlen und Hängebirken gerade die Vogelvoliere im Garten erdrückten.
Und dann erkannte es jäh, woher die Stimmen der Eltern kamen. Vor Entsetzen wich es bis ans Regal zurück. Die Gläser mit den eingeweckten Pfirsichen und Kirschen klirrten in seinem Rücken, und es streckte die Arme gegen das Dunkel aus, um sich vor den lockenden Rufen zu schützen.

Beata liest.

Es gab nur zwei Orte, wo das Mädchen nicht gesucht hatte.

Zwei Orte, denkt Beata. Und beide sind tödlich.

Als das Mädchen hörte, wie die Mauer brach, erstarrte es. Hinter ihm tasteten sich die Pflanzen durch die Löcher in der Wand in die Speisekammer. Der starke Duft der Traubenkirsche schob sich durch die aufklaffenden Ritzen.
Das Mädchen rannte die Wendeltreppe ins Erdgeschoß hinab, rutschte auf dem Laub aus, schlingerte und konnte sich gerade noch am Geländer festhalten. Sofort wurde sein Arm umschlängelt.
Es riß sich los und schüttelte im Rennen die bewimperten Zweige des Seidelbasts ab. Unten angekommen, stemmte es sich gegen das Schloßportal und zerbrach dabei den dichten Wacholder, der sich von außen gegen das Holz preßte, so daß das Tor sich kaum mehr öffnen ließ. Wacholder wird bis zu achthundert Jahre alt, dachte es noch, und dann stand es draußen im Sturm. Die Stimmen von Mutter und Vater griffen immer fester zu. »Zu mir!«, »Zu mir!« riefen sie, griffen durch den Sturm und das Krachen fallender Bäume, griffen nach dem Mädchen, aus dem Keller und vom Boden griffen sie, zerrten und zogen an dem Körper, und es spürte, wie seine Haut sich dehnte und dehnte.
Das Gitter der Vogelvoliere mußte zerbrochen sein, denn auf einmal flog ein Schwarm Wellensittiche um den Kopf des Mädchens, einer verfing sich in seinem Haar, pickte gegen die Stirn. Ich muß hier weg, dachte das Mädchen, schlug panisch nach dem Sittich und rannte zum Schuppen.

Beata schaut erschrocken auf Julia, die kaum hörbar atmet. Warum haben mir deine Eltern das verschwiegen, denkt sie und wischt sich über die Augen.

Als das Mädchen den gerissenen Stoff sah, fing es an zu weinen. Irgendwo im Schloßkeller brüllte etwas auf. Das Mädchen zerrte den Ballon und den Korb ins Freie, stellte den Flammenwerfer auf die höchste Stufe. Der Ballon blies sich auf. Das Mädchen sprang in den Korb. Wenn Löcher im Ballon sind, dann muß man Ballast abwerfen, dachte es, ganz viel Ballast …

Beata legt die Hand gegen das kleine, knochige Gesicht. Du hattest recht, Julia, denkt sie. Wenn sie sich getrennt haben, gibt es keinen Ausweg für dich.

… damit man trotzdem fliegen kann.

Katzenliebe

Sie war verrückt nach ihm.
Nach seinem unsicheren Gang. Nach seiner brüchigen Stimme. Nach dem blassen Gesicht, fast erdrückt von der Fülle der Locken.

*

Seit sie denken konnte, hatte sie sich gelangweilt.
Nur Achim war ihr wichtig gewesen. Aber Achim war ein Kater. Dabei hatte sie eine maßlose Begeisterungsfähigkeit für einen anderen Menschen in sich geahnt. Die schlummerte seit Jahren, weil sie keine Verwendung dafür hatte.
Doch dann hatte sie Adrian entdeckt, und zu Hause im Bett stellte sie sich manchmal vor, er läge neben ihr und würde ihre Handflächen küssen.
Er war noch ein Kind, und das Schönste an ihm war der Name. Jeder andere an der Schule war attraktiver als Adrian. Wir sind wie Tag und Nacht, dachte sie. Wer Tag und wer Nacht war, war ihr allerdings nicht ganz klar.

*

»Unsere Saskia ist ein Satansbraten«, sagte der Vater vor Freunden, und das nicht ohne Stolz. »In der Schule die Klügste, und Prügeln tut sie sich wie ein Bengel.«
Jahrelang war nichts passiert. Nichts als die Sommer, einer länger und heißer als der andere. Nichts als die Regelmäßigkeit von Mahlzeiten, die Schulurkunde, die sie alljährlich als beste Schülerin bekam, das Dahingleiten von einem Zustand in denselben und wieder zurück.
Als Saskia nachmittags aus der Schule kam, legte sie sich in die

Hängematte, rauchte und blätterte gelangweilt in einer Illustrierten.
Nach einer Weile stand die Mutter auf der Terrasse, sah sie liegen und fing an zu zetern. »Mach dich nützlich«, rief sie. »Der Abwasch erledigt sich nicht von allein!«
Saskia antwortete nicht, sondern schlenderte stumm an ihr vorbei in die Küche. »Pfui«, rief die Mutter. »Die Fußnägel lackieren, aber dreckige Füße haben! An den Füßen erkennt man den Charakter des Menschen.«
Saskia hörte gar nicht hin. Es war das alte Spiel.
Beim Abtrocknen sah Hannes durch das Küchenfenster, lachte und streckte ihr die Zunge raus. Sie hob nur die Faust. Dem Idioten würde sie es später zeigen.
»Jungs in der Küche machen nur Ärger«, hatte die Mutter gesagt. Im Grunde war es Saskia egal. Sie war nicht sauer, daß ihre Brüder nie abwaschen mußten, doch daß Jan, der Älteste, sie nicht mit dem Motorrad in die Stadt mitnahm, verübelte sie ihm.
»Nichts für Mädchen«, sagte er und setzte grinsend seinen Helm auf. Bevor er die Küche verließ, trat sie ihm gegen das Schienbein. Auch das war nichts Neues.
»Spinnst du? Bescheuerte Ziege!«
Sie pfiff vor sich hin, klapperte mit den Töpfen und drehte sich nicht mal um.
Sie würde sich sowieso bald ein eigenes Motorrad zulegen.

*

Er war unscheinbar. Mode schien gänzlich an ihm vorbeizugehen. Sogar im Sommer trug er eine alberne Strickjacke. Darüber hatte sie lächeln müssen. Er war immer bleich und sein Gesicht spitz wie das kleiner Tiere. Eichhörnchen vielleicht, dachte Saskia. Oder Vögel.

Ja, er war ein Vögelchen, sein Haar glänzend wie Rabenfedern, das wollte sie glätten und spüren, wie es sich aufrichtete unter ihren Fingern.
Dieses Haar paßte überhaupt nicht zu ihm. Es war, als wollten die ungestümen Locken alles wettmachen, was ihm sonst fehlte.
Bald würde sie ihn an sich ziehen und von den leuchtenden Pünktchen in seinen Augen sprechen.
»Was du alles bemerkst«, würde er flüstern.
Das erste Mal träumte sie. Die Phantasien wucherten aus ihr heraus, und interessiert kostete sie dieses unbekannte Wachstum aus.
Seit Wochen beobachtete sie ihn auf dem Schulhof. Zu Hause freute sie sich auf den nächsten Schultag. Die Wochenenden haßte sie.
Saskia war seit Ewigkeiten der Schrecken aller Lehrer.
Die Klassenlehrerin sagte am Telefon zu Saskias Vater: »Sie ist kein Mädchen, sondern ein Phänomen.«
Saskia kaute Kaugummi im Unterricht und zerschnitzte die Schulbank. Sie fing sich einen Tadel nach dem anderen ein und schrieb die besten Arbeiten.
Egal, wohin die Direktorin Saskia schickte – ob zur Englisch- oder zur Physikolympiade –, sie war immer unter den drei Besten.
Auf dem Schulhof hatte sie einmal den jüngeren Schülern gezeigt, wie man Frösche aufbläst, bis sie platzen. Hannes hatte sie dann bei den Eltern verpetzt. Als sie sie zur Rede stellten – ihre Mutter zeterte, ihr Vater sah sie traurig an –, hatte Saskia nur dagestanden und gegrinst. Sie hatte eine Woche Hausarrest bekommen, aber das war lächerlich. Saskia sprang durchs Fenster in den Hof, und alle wußten das.
Im Schulhof lehnte sie an der Mauer, rauchte und beobachtete ihn. Er stand immer allein. Die hellblaue Jacke geöffnet,

einen Apfel kauend. Er hatte dünne Arme. Sie sah, wie er die Schale mit den Zähnen aufbiß und wie er aß, Gehäuse und Blüte, bis nichts mehr übrig war.

Eines Tages wollte sie ihm sagen: »Ich würde alles für dich tun.«

Sie beobachtete ihn, wie er Kreise auf dem Schulhof drehte, wie er die Füße setzte und wie er leicht schwankte beim Gehen. Es rührte sie.

Manchmal trafen sich ihre Blicke, und immer sah er weg.

Die Mutter schimpfte, wenn Saskia vor dem Spiegel stand und sich lange das Haar bürstete. »Denkst wohl, du bist hübsch?«

»Haha, sehr witzig«, sagte Saskia dann.

»Rotes Haar, Sommersprossen und dürr wie ein Stock. Guck dich bloß nicht so verliebt an!«

Die Sommerferien waren seit jeher unerträglich, denn sie wohnten auf dem Dorf. Saskia schlug sich dann mit ihren Brüdern, mit dem jüngeren und mit dem älteren, und sie mistete mit dem Vater den Schweinestall aus. Hin und wieder fuhr ein Trecker vorbei.

Saskias Haar war gar nicht rot, sondern blond. Nur wenn Sonne darauf fiel, schimmerte es rötlich. Sie wußte, daß sie schön war.

Wenn sie zu Hause den Kater fütterte, der allen drei Geschwistern gehörte, das Fell streichelte und die Barthaare an ihrem Knie zitterten, stellte sie sich vor, wie sie hinter Adrian träte, die Hand in sein Haar legte und wie er sich dann umdrehen und vor ihr erschrecken würde. Sie würde ihn anlächeln, und das Haar in ihrer Hand wäre weich.

*

Seit ihre Träume Adrian hießen, schien ihr, als würde sie alles viel deutlicher wahrnehmen als früher. Das Fell des Katers

glänzte in verschiedenen Rotnuancen, und unter ihren Fingern knisterte es auf.
Achim gab es seit zehn Jahren. Alle drei Geschwister verwöhnten ihn gleichermaßen, und gleichermaßen vergab Achim seine Zuneigung an sie drei. Seit er kastriert war, verließ er das Grundstück nicht mehr. Einmal nur hatte er es getan und war durchs Gartentor ins Dorf geschlichen. Niemand hatte es bemerkt. Gegen Abend klingelte ein Nachbar, und Saskia war an die Tür gegangen. Der Nachbar hatte eine Decke in der Hand gehabt, darin lag der Kater.
Bis heute war nicht klar, wie Achim sich den doppelten Bruch am Bein zugezogen hatte. Ob er auf ein Dach geklettert und runtergefallen war. Oder ob ihn jemand absichtlich verletzt hatte. Die Brüder kamen zur Tür gerannt. Jan war kreidebleich geworden und hatte sofort Vaters Wagen aus der Garage geholt, um mit dem Kater zum Tierarzt zu fahren. Hannes hatte angefangen, jämmerlich zu weinen und »Stirb nicht. Bitte stirb nicht, Achim!« geschluchzt. Das war einer dieser seltenen Momente, in denen Saskia eine zärtliche Regung für ihre Brüder verspürte. Sie hatte sich auf den Beifahrersitz gesetzt und den Kater sanft auf ihren Schoß genommen. Jan war schnell gefahren, aber vorsichtig. Einmal hatte er sie angesehen und voller Haß durch die Zähne gezischt: »Wenn ich den erwische, der Achim das angetan hat – ich bring ihn um, Saskia!« In seinen Augen hatte es verdächtig geblinkt. Sie hatte die Hand ausgestreckt und seine Wange gestreichelt. Das war noch nie vorgekommen. Er hatte sich einen Moment gegen ihre Finger geschmiegt. Dann zog sie die Hand wieder weg und sah auf den Kater. Der atmete nur schwach, und in ihrer Brust hatte es gestochen.
Neuerdings stach es auch in der Brust, wenn sie Adrian sah.
Saskia betrachtete Achim manchmal, wenn er schlief. Sah, wie

im Schlaf seine Ohren oder die Pfoten zuckten, als träumte er von einem fernen Glück, das es zu jagen galt.

Adrian hatte ein Lachen, das Saskia in Entzücken versetzte. Am Anfang war es hoch und hell, und in der Mitte brach es. Ein unschuldiges Lachen, dachte sie.

Wenn Saskia den Kater streichelte, leckte der manchmal ihre Fingerspitzen oder schnurrte in ihre Hand hinein. Er schmiegte sich in ihren Schoß oder kletterte über ihre Brust bis zum Hals hoch. Sie kraulte ihn, während sie fernsah, und manchmal wünschte sie sich, für eine Minute in die Katerhaut hineinkriechen zu können, weil sie wissen wollte, wie es sich anfühlte, von ihrer eigenen Hand gestreichelt zu werden.

Wenn sie im Bett lag und Adrians Bild herbeirief, stöhnte sie tief auf. Warum gerade er, fragte sie sich. Er war schmächtig, und er war kleiner als sie. Sie hatten noch kein Wort gewechselt. Wieso bekam sie schon Herzrasen, wenn sie irgendwo auf der Straße eine hellblaue Jacke sah?

Das muß Liebe sein, dachte sie. Liebe braucht keine Gründe. So wie bei Achim. Sie hatten zu dritt ihr ganzes Geld für die Operation geopfert. Da hatte es überhaupt keine weitere Überlegung gegeben. Als er wieder zu Hause war, hatten sie abwechselnd über Achims Schlaf gewacht.

Jetzt ist Hannes sechzehn, aber damals war er erst zwölf, und er war nicht ein einziges Mal während der Wache eingeschlafen. Wir füttern Achim und streicheln ihn, dachte Saskia, ohne daß er uns das dankt. Und daß er den Bezug ihres Sessels zerfetzt hatte und manchmal einen Harnfleck an Jans Motorrad hinterließ, war egal. Sie liebten ihn deshalb nicht weniger.

Heute hatte sie versucht, Adrians Augen einzufangen. Das war ihr auch geglückt. Er hatte den Blick jedoch jedesmal schnell gesenkt. Einmal war er rot geworden. Als es zum Unterricht klingelte, war er als einer der ersten durchs Schultor ins Gebäude geschlüpft.

Er hat Angst vor mir, dachte sie. Sie hatte noch an der Mauer gelehnt und zu Ende geraucht, bevor auch sie ins Gebäude ging.

*

Zu Hause lag Saskia in der Hängematte und rauchte die Zigaretten, die sie Jan gestohlen hatte. Hannes saß am anderen Ende des Gartens und zog dem Kater Strümpfe und eine Mütze an. Der ließ alles mit sich geschehen, schnurrte wahrscheinlich noch dabei. Saskia dachte an Adrian. Daran, wie erschrokken er ausgesehen hatte, als ihm klargeworden sein mußte, daß sie ihn nicht zufällig so oft ansah. Diese Erinnerung faszinierte sie, und sie ließ sie gleich noch einmal ablaufen. Was er wohl gedacht hatte, fragte sie sich. Es war viel zu heiß, um irgendwas anderes zu tun als zu liegen und nachzudenken. Eine Fliege summte um sie herum. Sie scheuchte sie weg. Sie sah minutenlang in den Himmel und beobachtete die Wolken. Sie hörte Hannes' helles Lachen und sah, wie der Kater in den Strümpfen und mit Mütze über den Rasen lief. Die Fliege war penetrant und setzte sich schließlich auf ihren Arm. Sie schnappte sie. Sie hielt die Kippe im Mund wie die Jungs aus ihrer Klasse und riß der Fliege die Flügel aus. Dann setzte sie sie auf den Boden, wo sie hilflos rumhüpfte, und drückte schließlich die Zigarette auf ihr aus. Es zischte nicht mal.

Seit sie Adrian kannte, war sie auf merkwürdige Weise ruhiger geworden. Sie stahl auch nicht mehr. Bis auf Jans Zigaretten, aber das war ein Kavaliersdelikt.

Stehlen hatte es sowieso nicht mehr gebracht. Einmal hatte sie Geld aus der Handtasche ihrer Mutter genommen. Fünfzig Mark. Es gab keinen Krach. Dabei hatte sie es sich genau vorgestellt: wie sie alle drei verdächtigt worden wären, wie sie dann die Schuld weit von sich gewiesen und auf Jan gezeigt hätte: »Woher, glaubt ihr denn, hat er das ganze Spritgeld?« Der Skandal war ausgeblieben. Die Mutter hatte in der Küche gesessen und geweint. Der Vater hatte Saskia traurig angesehen. »Guckt bloß nicht so«, hatte sie gesagt. »Ich hab es nicht mehr. Ich hab es weggeworfen.«

Hannes lief hinter dem Kater her. Der machte sich ein Spiel daraus und versteckte sich unter den tiefhängenden Ästen der Silbertanne. Hannes legte sich flach auf den Bauch und rief nach ihm. Leise, kosend.

Nie war etwas passiert, dachte Saskia. In der Schule auch nicht. Die Jungs aus ihrer Klasse trauten sich nicht mehr an Saskia ran. Und die anderen versuchten es nur einmal und dann nicht wieder. Auf den Schulfesten sprachen die Jungs aus den Parallelklassen sie reihenweise an, obwohl sie keinen Rock trug und fast ungeschminkt war. Saskia trug Jeans und ein enges Top. Das Haar zum Pferdeschwanz gebunden. Wenn ihr beim Tanzen einer an den Hintern faßte, rammte sie ihm die Faust in den Schritt. Dann stieß sie ihn weg und zischte: »Arschloch!«

Keiner, hatte sie jedesmal gedacht, wenn sie zu ihrem Platz zurückging und den Blick über die ganze Meute schweifen ließ, kein einziger.

»Was willst du eigentlich?« hatten ihre Klassenkameradinnen sie mal gefragt.

Saskia hatte sich nur umgedreht und laut gelacht.

*

Hannes lag jetzt auf dem Rücken und sah in die Luft. Achim kam aus seinem Versteck hervor, kletterte auf Hannes drauf und machte es sich auf seiner Brust gemütlich.

Saskia blies Rauch aus. Manchmal sah sie sich als Jungen und Adrian als Mädchen.

Dabei fühlte sie sich nie als Junge. Sie war sehr zufrieden mit sich, so wie sie war. Nie im Leben wollte sie ihre Brüste, den Po und die Schenkel für einen eckigen Jungenkörper eintauschen.
Trotzdem stellte sie sich manchmal vor, Adrian als Junge zu verführen, und dann mußte sie grinsen.
Zu ihm würde sie sanft sein. Sie war fast zwanzig, er erst sechzehn, und vielleicht hatte er noch nie Sex gehabt.
Den Flaum auf seinen Wangen würde sie streicheln. Sie würde ihr Gesicht in den wilden Locken vergraben und danach seine Mundwinkel küssen.
Am Morgen würde sie Kaffee ans Bett bringen und im Bad den Duschkopf niedriger für ihn stellen. Seine Haare auf den Fliesen würden sie nicht stören. Sie würde sie zusammenfegen und kein Wort darüber verlieren. Mit Geschenken würde sie ihn überhäufen. Jeden Tag eins. Intimität, dachte sie, ist immer brutal. Selbst wenn sie sanft ist. Aber das wäre die einzige Brutalität zwischen ihnen, und Saskia würde sanft sein.
Achim schien irgendwas bemerkt zu haben. Er setzte sich auf, sprang von Hannes runter und lief über den Rasen laut maunzend auf sie zu. Dabei hatte sie ihn gar nicht gerufen. Sie klopfte auf ihre Schenkel, und Achim sprang, suchte sich eine gute Position und fing dann an, laut zu schnurren. Sie schob ihm die Mütze vom Kopf und streichelte seine Ohren. Dann schloß sie die Augen.
Seine Locken würde sie zurück aufs Kissen streichen. Würde einen Finger auf seine Lippen legen und ihn bitten, daran zu lecken. Der Finger würde halsabwärts fahren, zum Nabel und in das Haar darunter, das sicher auch schwarz war. Schwarz und weich. Nur das Haar dort, dachte sie, nur das Haar würde ich beruhren, bis er tiefer atmet und mich bittend ansieht.
Und an diesem Punkt verwandelte ihre Phantasie Saskia in einen Jungen und Adrian in ein Mädchen. Die kleine Verände-

rung störte ihre Träume nicht. Wenn man Fakten in Phantasien übersetzt, dachte sie, verlieren sie plötzlich an Bedeutung. Sie würde seine Beine auseinanderschieben und sich über ihn legen. Würde seine Handgelenke umfassen und ins Laken drücken. Sie würde ihn fest umschlungen halten, und er würde ein bißchen zittern, aber das wäre normal. »Vertrau mir«, wollte sie sagen, wenn sie eindringen würde, und Adrians Gesicht wäre nah unter ihrem. Sie wollte seine Augen dabei sehen. Den leisen Schmerz darin, den sie ihm trotzdem zufügen müßte. Sie würde ihre Lippen auf seine senken und flüstern: »Küß mich«, und die Handgelenke in ihren Fingern würden aufhören zu zucken, wenn sie dann seinen Mund bezwingen würde. Und er würde sich öffnen für sie, weil er genau wüßte, daß es zu spät wäre und daß er nicht mehr wegkäme, selbst wenn er es wollte, und sie würde ihn sanft durchbohren, dort, wo er verwundbar war. Ihre Zunge würde im selben Rhythmus wie ihr Becken stoßen, zärtlich, aber doch beherrschend, und er würde nachgeben unter ihr und sie lieben.

Das gefiel ihr. Sie wollte es sich noch mal abends im Bett vorstellen.

Sie würde ihn immer beschützen. Vor dem Wetter. Vor dem Kranksein. Vor jeder Gefahr.

Der Kater hatte angefangen, sich geruhsam zu putzen.

*

Saskia hörte die Motorräder, noch bevor sie sie sehen konnte. Sie schob die Sonnenbrille auf ihre Nase zurück. So konnte sie alles sehen, ohne daß man sie sah.

Die zwei bretterten die Auffahrt rauf und bremsten am Stall ab. Es war wieder dieser ätzende Kumpel von Jan dabei. Mario. Er setzte den Helm ab, sah Saskia liegen und rief: »He, komm mal her.«

Saskia rührte sich nicht.
»Ey, ich meine dich!« rief Mario.
»Komm doch selber, du Penner!« rief sie zurück.
Jan bockte sein Motorrad auf, setzte den Helm ab und schüttelte seine Locken aus. Mario rief zu ihr rüber: »Hol uns mal ein Bier aus dem Kühlschrank. Darfst auch mal nippen.« Dann lachte er, als wäre das ein besonders intelligenter Witz. Idiot, dachte Saskia und rief: »Leck mich.«
Er überquerte den Rasen, ging auf die Terrasse und schob die Tür auf, als wäre er bei ihnen zu Hause. Es war ihr schleierhaft, warum Mario Jans Freund war. Dann lieber gar keine Freunde, dachte Saskia, so wie ich. Aber ihr Bruder hatte schon immer einen komischen Geschmack gehabt. Mario verschwand in der Küche und kam nach einer Weile mit zwei Bierdosen zurück. Jan war zu Saskia rübergekommen, hockte sich hin und kraulte Achim, der sich behaglich auf ihrem Schoß ausgestreckt hatte. Sie schwiegen. In solchen Momenten waren sie sich ausnahmsweise einig. Mario streckte Jan eine Dose hin, der lächelte. Doch dann griff Mario dem Kater in den Nacken. Er schüttelte ihn und fand das offenbar auch noch witzig. Achim fauchte und hieb ihm die Krallen ins Fleisch. »Miststück«, zischte Mario und zog seine Hand zurück.
Da baute sich Jan vor ihm auf und sagte sehr leise: »Nur einmal: Laß den Kater in Ruhe, ja?« Mario lachte verunsichert und sah auf seine zerkratzte Hand.
Achim lag ruhig, aber seine Ohren waren gespitzt, und seine Barthaare zitterten.
Saskia schob sich die Sonnenbrille auf die Stirn. Sie sah Mario direkt in die Augen und sagte: »Jan, ich will demnächst eine Gartenparty hier machen, so richtig mit Musik und Grillen, und wenn du magst, kannst du deine Süße oder einen Freund mitbringen. Aber auf keinen Fall diesen Typen hier!«

Mario lachte.
Jan lächelte nicht mehr. Er streckte die Hand nach dem Kater aus und sagte: »Gute Idee, Saskia.«
Achim hatte die Augen geschlossen und schnurrte wieder unter Jans Fingern.

*

Vor dem Einschlafen dachte Saskia sich sentimentale Szenerien aus und streichelte sich dabei.
Dann sah sie die 13b und die 10a bei einer Klassenfahrt im Sommer an der Ostsee. Sah, wie Adrian in einer unmodernen grünen Badehose in die Wellen rannte, seine Beine waren käseweiß, sah, wie er einen Ball warf und ihm hinterherschwamm. Der Ball trieb auf den Wellen, und er folgte ihm, konnte ihn jedoch nicht fassen. Sie erkannte sofort, daß er seine Kräfte überschätzte und daß er sich bedenklich weit vom Ufer entfernte. Sie war natürlich die einzige, die ihn im Auge behielt. Wer sollte ihn sonst auch beachten? Sie war die einzige, die mitbekam, wie er sich im Wasser umdrehte, die Entfernung bemerkte und erschrak. Sah, wie er verzweifelt winkte. Eine Weile tat sie nichts in ihrer Phantasie, ließ ihn winken oder winkte zurück. Sie sah entspannt vom Sand aus zu, wie er langsam müde wurde. Sie schloß sogar für einen Moment die Augen, das gab ein Standbild. Und dann stürzte sie sich in die Wellen und hatte schnell die Stelle erreicht, wo er mit dem Wasser kämpfte, packte seinen Körper in dem Moment, als er gerade untergehen wollte, und brachte ihn zurück ans Ufer.
In einem anderen Traum waren die Klassen im Winterurlaub, und er war schon seit Stunden verschwunden. Niemand machte sich Sorgen um ihn. Sie begab sich allein auf die Suche und fand ihn mitten auf dem Skihang, mit gebrochenem Bein. Sie hockte sich neben ihn und beobachtete die Erleich-

terung in seinem Gesicht. Aber sie tat nichts. Sie legte ihm nur die Lippen ans Ohr und flüsterte, daß sie wieder gehen würde. Daß sie ihn einfach liegenlassen würde, und niemand würde es erfahren. Sie streichelte ihm dabei die verschneiten Locken aus dem Gesicht. So lange, bis er weinte. Dann schwieg sie, lehnte sich zurück und sah ihm aufmerksam beim Weinen zu. Manchmal stellte sie sich vor, an dieser Stelle eine Zigarette anzuzünden. Und dann hob sie ihn hoch, in ihren Träumen war sie sehr stark, und trug ihn den ganzen Weg zurück in die Herberge.

*

Eine Woche vor der Gartenparty sprach sie ihn das erste Mal an. Das heißt, sie sagte nichts, sie steckte ihm in der Pause die Einladung zu.
Er riß die Augen auf und wich vor ihr zurück, als sie auf ihn zukam. Aber sie hatte gelächelt. Später stand sie wieder rauchend gegen die Mauer gelehnt, beobachtete, wie er die Einladung öffnete, wie er errötete und sich nervös durchs Haar strich. Dann hatte er den Blick gehoben, und als er merkte, daß sie ihn betrachtete, war er noch nervöser geworden. Beim Klingeln war er sofort zum Schultor und ins Gebäude gestürzt, und er schwankte noch mehr als sonst dabei.
Da hatte sie sich vorgestellt, zu ihm zu gehen, ihn festzuhalten und umzudrehen. Ihn ganz sanft an sich zu ziehen, die Hand an sein vorsichtiges Gesicht zu legen und zu sagen: »Hab keine Angst. Ich liebe dich doch.«

*

Sie dachte schon, er würde nicht mehr kommen, und fühlte, wie sie hohl wurde. Hohl vor Enttäuschung.

Saskia hatte am Nachmittag Girlanden aufgehängt und Fakkeln in die Erde gesteckt.
Achim saß auf Hannes' Schoß, und Hannes schmuste mit ihm und steckte ihm ab und zu ein Stück Fleisch zu.
Saskia sah immer wieder zum Tor und dann auf die Uhr.
»Na«, sagte Jan und grinste unverschämt, »wartest wohl auf deinen Liebsten?«
»Ach, leck mich«, sagte sie, griff nach dem Glas, doch dann hob sie den Blick und sah Jan ernst an. »Vielleicht.«
Da ging das Gartentor auf, und er stand da. In der hellblauen Jacke. Er trug ein Hemd darunter, und um den Hals hatte er ein albernes blaues Tuch geschlungen. Er hielt eine Chipstüte und eine Flasche Wein in der Hand.
Augenblicklich wurde es sehr still, und alle sahen auf. Genau so hatte Saskia sich das vorgestellt.
»Wer hat denn den eingeladen?« sagte eine Tusse aus ihrer Klasse gedehnt und fing an, wie blöde zu kichern.
Adrian tapste unsicher den Gartenweg hoch, die Fackeln brannten, und Saskias Herz fing an zu rasen. Sie drehte sich zu der Tusse um und funkelte sie an. Als Adrian vor dem Tisch stand und verunsichert in die Runde sah, stand Saskia auf und ging ihm den einen Schritt entgegen. Sie nahm ihm den Wein ab, griff dann nach seiner Hand und sagte sehr deutlich: »Das ist Adrian. Mein Freund.«

*

Wenn es einen Moment der absoluten Überraschung gab, so war es dieser.
Saskia hörte den Aufschrei nicht, sie sah ihn in den Gesichtern. Sie hielt ihr Glück in der Hand. Und daß es schweißnaß und kalt war, störte sie nicht. Sie sah Adrian an und lächelte ihr schönstes Lächeln. Sie wußte, daß sie atemberaubend aus-

sah. Ihr Haar hatte sie hochgesteckt, und sie trug einen Hosenanzug und eine glänzende blaue Bluse.
Achim sprang von Hannes' Schoß, scharwenzelte um ihre Beine und verschwand dann durch die Terrassentür im Haus.
Adrian sagte nichts, und sie zog ihn auf die Bank, gleich neben sich, und schob ihm ein Glas Wein zu. Sie lehnte sich zurück und atmete aus. Alles war gut. Er war da. Die Gespräche hatten langsam wieder eingesetzt. Aber immer wieder stahlen sich die Blicke zu ihnen. Adrian saß sehr gerade und nippte an seinem Wein. Sie legte ihm vorsichtig eine Hand aufs Bein und versuchte, ihn anzusehen. Er sah krampfhaft auf den Boden.
»Adrian?« fragte sie leise. Er sprang auf.
»Auf Toilette …«, murmelte er und ging auf das Haus zu.
»Warte, ich komme mit«, sagte Saskia und stand auf. »Ich zeig dir, wo es ist, du kennst dich ja noch nicht aus.«
Alle sahen ihnen hinterher.

*

Als sie im Haus waren, drängte sie ihn gegen die Wand, preßte ihren Körper an seinen und bedeckte sein ganzes Gesicht mit Küssen. Er roch nach Kamille, und sie fing an, vor Spannung am ganzen Körper zu zittern. Alles war noch aufregender, als sie es sich vorgestellt hatte. Seine Lippen waren weich, doch er reagierte nicht. Sie legte ihre Hände um sein Gesicht und öffnete mit der Zunge seinen Mund. Er blieb reglos.
Sie ließ ihn los, war außer Atem.
»Ich will dich«, sagte sie. »Ich liebe dich.«
Er sah zu ihr hoch, lehnte den Kopf gegen die Wand und schloß die Augen.
Sie legte ihre Hand auf seine Brust, fuhr aufwärts, bis zum Hals, und öffnete das blaue Tuch. Sie steckte es in ihre Hosen-

tasche, strich seinen Hals entlang nach unten und wollte sein Hemd aufknöpfen.

Da riß er die Augen auf und griff nach ihrer Hand.

Sie lächelte zärtlich.

»Saskia, ich ... ich weiß nicht, wie du darauf kommst, aber ich habe nie ...« Er schluckte. »Ich finde dich nett. Und auch schön. Aber ich ...« Sie lächelte immer noch, aber etwas griff eiskalt nach ihrem Herz. »Ich liebe dich nicht.« Er schluckte wieder. »Es tut mir leid.« Er sah auf den Boden.

Sie wich zurück, griff sich an die Brust, denn sie hatte das Gefühl, keine Luft mehr zu bekommen.

»Ich kann es dir beibringen«, flüsterte sie, und Tränen rannen dabei über ihr Gesicht. Sie wischte sie mit dem Handrücken ab. »Das Lieben.«

Er drängte sich an der Wand entlang, ging Schritt um Schritt von ihr fort, tastete nach der Terrassentür in seinem Rücken und öffnete sie.

Er sah sie noch einmal an und wiederholte leise: »Es tut mir leid.«

Dann war er draußen und lief über den Rasen zurück zu seinem Platz auf der Bank. Sie sah ihm hinterher, und ihr war, als senkte sich der Himmel. Als ginge er mit einem ohrenbetäubenden Dröhnen auf die Erde nieder, um darin zu versinken. Sie lehnte sich an die Wand und rutschte daran herab auf den Teppich. Achim kam aus der Küche, strich um ihre Beine, stupste mit seiner feuchten Nase gegen ihre Hand. Nach einer Weile suchte sie in ihrer Hosentasche nach einem Tempo und zog sein blaues Tuch heraus.

Der Kater blinzelte sie an und begann zu schnurren. Sie streckte die Hand nach ihm aus und zog ihn sanft heran.

*

Als Saskia zurück in den Garten kam, waren ihre Augen trokken. Sie setzte sich neben Adrian und fing an, sich an den Gesprächen zu beteiligen. Sie war freundlich zu Adrian, so wie sie heute freundlich zu allen war. Sie schenkte Hannes Wein nach. Er sah sie verwundert an.
Jan bot ihr von seinen Zigaretten an, und dankbar rauchte sie. Adrian beobachtete sie schüchtern von der Seite. Er rauchte nicht. Wenn sie sich zurücklehnte, atmete sie wieder den Duft von Kamille ein, und ihre Hände krampften sich zusammen.
Dann stand Hannes auf, um noch Weißwein aus dem Kühlschrank zu holen. Sie sah, wie er über den Rasen zur Terrassentür lief, und begann, Jans Freundin in ein Gespräch über Schauspieler zu verwickeln.

*

Hannes' Schrei zerschnitt alle Gespräche. Jede Faser ihres Körpers fing an zu zittern. In Zeitlupe sah Saskia ihn durch die Terrassentür stolpern. Am Tisch war es totenstill geworden. Entsetzt starrten alle auf Hannes, der den Weg entlangwankte, etwas an seiner Brust barg und dabei weinte und weinte. Als er da war, legte er es in Jans Schoß.
In diesem Moment zerbrach Saskias Herz ein zweites Mal. Sie konnte es hören.
Jans Gesicht wurde entsetzlich blaß, so blaß, daß sie dachte, er würde ohnmächtig werden. Am ganzen Körper zitternd knotete er das blaue Tuch von Achims Hals, mit dem er erdrosselt worden war.
Saskia hatte sich unbemerkt erhoben und war rückwärts in den Schatten des Stalls geschwankt. Niemand beachtete sie. »Achim, mein Achim …«, flüsterte sie immerzu.
Sie sah, wie Jan den Kater vorsichtig auf den Boden legte. Sah,

wie Jan und Hannes einen Blick wechselten. Sah, wie sie aufstanden und langsam auf Adrian zugingen.

Hirsche

»Schieß!« hatte er gesagt.
Und sie hatte geschossen.

*

Von Anfang an mag sie das Dorf nicht.
Als sie die erste Nacht in dem alten Eichenbett liegt, kann sie vor Stille nicht einschlafen.
Nach dem Sex, den sie lautlos über sich hat ergehen lassen, zieht er sie an sich, sagt: »Was man in der ersten Nacht in einem fremden Bett träumt, geht in Erfüllung. Also merk dir deinen Traum, Louisa.«
Sie schläft erst in der Morgendämmerung ein. Es ist ihre Hochzeitsnacht.
Sie träumt von Hirschen.

*

Sie bleibt fremd hier.
Sicher, man grüßt sie. Aber nur, wenn sie zuerst grüßt. Louisa hat es ausprobiert. Wenn jemand an ihrem Haus vorbeikommt, während sie im Garten steht und lächelnd den Kopf hebt, gehen sie einfach vorüber. Sehen sie nicht mal an. Nur wenn sie laut grüßt, wenden sie den Blick und grüßen zurück. Louisa weiß: Das ist nicht normal. Sie hat die dörflichen Rituale schnell durchschaut. Zuerst grüßt immer, wer an einem Haus vorüberkommt. Niemals umgekehrt.
»Du bist zu empfindlich, Louisa«, hat Stefan gesagt. »Du bist noch fremd hier. Gib ihnen doch etwas Zeit, sich an dich zu gewöhnen.«

Doch auch nach Jahren haben sie sich nicht gewöhnt.
Das ist nicht das Schlimmste. Schlimmer ist die Stille. Als ob nichts passiert sei. Als ob nie etwas passieren würde. Diese Verschlafenheit der Dächer, der lautlose Flug der Vögel, das unmerkliche Vergehen des Sommers.

*

Louisas Vater und Mutter spielen Geige.
Louisa ist acht und lernt Klavier. Sie kann nicht sagen, daß sie unglücklich damit ist. Sie kennt andere Kinder. Die hassen das Klavierspielen und heulen vor jeder Stunde. Louisa haßt nichts. Louisas Eltern beschließen, sie solle Klavier lernen, und Louisa lernt es. Sie ist kein schwieriges Kind.
Louisa geht weder gern noch ungern zur Schule. Wenn sie sich durch etwas auszeichnet, dann durch einen enormen Mangel an Spontaneität. Zum Klassentreffen nach zehn Jahren kann sich die Lehrerin nicht an sie erinnern. Einmal, während einer Klassenfahrt, vergessen sie Louisa auf einem Rastplatz. Sie ist auf dem Klo, und als sie zurückkommt, ist der Bus weg. Sie setzt sich auf eine Bank und wartet. Tut nichts, ruft nicht an, bittet niemanden um Hilfe, wartet einfach nur. Stundenlang. Bis der Bus zurückkommt.
Louisa lernt Klavierspielen, aber sie hat keine Phantasie. Niemand versteht das. Am wenigsten Louisa selbst. Sie beherrscht die Technik. Sie spielt die schwierigsten Stücke fehlerlos, doch es ist keine Stimme darin.
Sie arbeitet im Dorf als Musiklehrerin. Wie vorher in der Stadt. Bis zum letzten Jahr. Dann wird die Schule geschlossen, und die Schule in der Kreisstadt braucht Louisa nicht. Sie könnte Klavierunterricht am Musikinstitut geben. Aber sie bewirbt sich nicht. Die Kinder sind ihr immer zu wild gewesen.

*

Sie heiratet Stefan, weil er sie fragt.

Sie hat noch nie so einen Garten gesehen. Das unhörbare Platzen der Knospen, der lautlose Einfall von Schmetterlingen in die Kirschblüten, das langsame Winden der Schlangen im Gebüsch – all das macht sie nervös.

Harz tropft aus den Bäumen, und die Rosen blühen, als seien sie wütend. Wenn Louisa vorübergeht, leuchten sie auf wie Flammen oder schwärende Wunden. Erst abends schließen sie die roten, fiebernden Augen. Die Stille des Dorfs lastet auf ihrer Haut wie das schwere Deckbett jede Nacht.

Sie hat Stefan nichts davon gesagt.

*

Vielleicht fängt alles mit dem Parfum an.

Es ist ein stiller Tag im Dezember. Sie öffnet die Fenster. Auf der Gartenmauer sitzen Kolkraben. Einer dreht den Kopf, starrt sie reglos an. Die Bäume tropfen. Das Laub liegt verfault unter der Regenrinne. Von den entfernten Höfen hört man Hunde. Das ist alles.

Sie entdeckt das Parfum zwischen Stefans Hemden. Abwesend zieht sie es hervor und riecht daran. Der Rabe verfolgt ihre Bewegungen. Dann legt sie es wieder zurück. Für Weihnachten, denkt sie, und es ist ihr gleichgültig, daß sie ihm jetzt die Überraschung verdorben hat. Sic wischt Staub. Ambra und Moschus, denkt sie, und der Rabe lacht lautlos.

Vielleicht hat alles mit dem Parfum begonnen, überlegt Louisa später. Obwohl es danach noch lange Zeit still gewesen ist.

Zu Weihnachten bekommt Louisa von Stefan eine Vase. Sie hat ihm einen Pullover gestrickt. Das Parfum hat sie längst vergessen.

*

Als die Schule geschlossen wird, redet Stefan sehr ernsthaft mit ihr. Sie solle zu Hause bleiben, sagt er. Er verdiene als Jäger genug. Sie könne sich um das Haus und den Garten kümmern. Der Garten vor allem, sagt er, der hat es nötig. Und dann, wer weiß, vielleicht sind sie ja bald zu dritt. Louisa schweigt.

*

Dann erinnert sich Louisa wieder an das Parfum. An dem Abend, als sie es im Haar des Mannes riecht. Ambra und Moschus. Sie geht an ihm vorüber und riecht es. Zermürbend intensiv.
Der Garten ist übersät von Kirschblütenblättern, die unaufhörlich zu Boden fallen. Kein Lüftchen regt sich. Sie fallen einfach ab, als hätte der Groll die Bäume gestreift. Selbst der Frühling ist lautlos.
Auf einmal wünscht sie sich einen Schrei.
Ihr Schritt stockt, ihre Hand flattert zu seinem Haar, vergräbt sich darin. Reißt es aus. Er packt sie an den Oberarmen, schüttelt sie. Sie lacht nur. Lacht. Er schlägt ihr mit dem Handrücken ins Gesicht. Sie riecht an dem Büschel Haar. Und lacht.

*

Louisa ist zwölf. Sie hat ein rosarotes Zimmer mit fliederfarbenen Möbeln in Miniaturformat. Stundenlang sitzt sie auf dem zierlichen Stuhl vor der Spiegelkommode. Sie tut nichts. Sie wartet.
Sie spielen Geige. Sie spielen Geige im Zimmer nebenan. Ein

Ton, der in Louisas Kopf zerspringt und nicht mehr zusammenzufügen ist.
Manchmal kommen Mutter und Vater herein. Die Mutter tritt hinter sie und löst ihr den Zopf. Der Vater bleibt in der Tür stehen und sieht zu. Louisa sieht seinen Blick im Spiegel, er lächelt sie an. Die Mutter fährt mit den Fingern langsam durch Louisas schweres, braunes Haar. Es knistert unter der Berührung. Louisa lächelt zurück. Die Mutter greift nach der Bürste mit dem zierlichen Griff. Ihr Morgenmantel raschelt leise. Der Morgenmantel ist aus Seide und streift Louisas nackten Hals und den Rücken. Die Bürste fährt durch ihr Haar, streichelt ihren Nacken, liebkost die empfindliche Stelle hinter ihrem Ohr.
Sie spielen Geige. Sie spielen Geige mit gerissenen Saiten, und der Bogen schabt über nacktes Holz.
Die Mutter berührt mit den Fingerspitzen Louisas Kopfhaut. Manchmal auch mit den Nägeln, sehr zart. Sie wandert die Ohren ab, die Wangen und streichelt die Lippen. Louisa läßt den Kopf fallen. In die Seide, in den weichen Bauch, in den Duft dieses Körpers. Die Finger streicheln ihren Mund, und die Augen von Vater und Mutter beobachten sie im Spiegel. Essen, denkt Louisa. Ich möchte sie essen. Und küßt die duftenden Finger. Einen nach dem anderen.

*

Er versteht mich falsch, denkt Louisa. Sie spürt keinen Schmerz, als ihr Kopf gegen die Wand prallt. Sie lacht. Die Zeit steht. Für immer steht die Zeit und saugt alles in einen endlosen Augenblick.
Sie hört ihn nicht, als er sie anschreit, sie solle zu Verstand kommen. Sie hört nur, wie im Garten der Flieder aufbricht.

*

Er versteht sie nicht, diese Frau, die er aus der Stadt in sein Haus geholt hat. Als er auf dem Hochstand im Wald sitzt und auf die Hirsche wartet, denkt er das: Ich verstehe Louisa nicht. Vielleicht hat er sie deshalb geheiratet. Er sitzt schon seit Stunden. Es ist Nacht. Das Gewehr liegt neben ihm. Geladen. Die Hirsche kommen nicht.

Kathrin war laut gewesen. Laut hatte sie am Morgen unter der Dusche gesungen. Laut klapperten die Töpfe in der Küche. Laut fluchte sie, wenn die Milch überkochte. Kathrin war oft mit ihm in den Wald gegangen. Aber auf den Hochstand hatte er sie nicht mehr mitgenommen. Sie konnte nicht still sein. Sie vertrieb die Tiere mit ihrer Unruhe.

Louisa ist leise. Selbst ihr Klavierspiel ist leise und stört ihn nicht im geringsten. Sie kann stundenlang sitzen und spielen, und es ist, als wären die Töne gar nicht vorhanden oder in einen dick gepolsterten Bereich seines Kopfes gefallen, wo er sie nicht mehr hört.

Louisa füllt das ganze Haus mit ihrem schwindsüchtigen Dasein. Sie zieht nicht mehr Kathrins bunte Bettwäsche auf, sondern die, die sie mitgebracht hat: weißen Damast, den sie selbst stärkt und der kühl ist beim Schlafen. Sie ist leise beim Essen, ihr Besteck klirrt nicht. Sie ist leise beim Arbeiten im Haus und im Garten. Die Wäsche an der Leine flattert lauter. Manchmal übersieht er sie, wenn er nach Hause kommt. Erst wenn seine Jagdhündin auf Louisa zuläuft, bemerkt er sie. Wie sie steht und ihn beobachtet hat. Sogar Lore ist leise bei Louisa. Rennt nicht japsend und jaulend auf sie zu, wie sie auf Kathrin zugerannt ist und sie fast umgeworfen hat. Nein, sie nähert sich Louisa vorsichtig, mit verhaltener Freude, bis sie vor ihr steht und den Kopf auf ihren Schoß legt.

Ja, sie ist eigenartig, seine Frau. Im Bett sagt sie keinen Ton, dabei hat er alles versucht. Hat leise Musik angemacht. Hat das Licht angelassen oder ausgeschaltet. Hat sie lange und sanft gestreichelt. Hat sie mit der Zunge verwöhnt. Hat ihr zärtliche oder schmutzige Sachen ins Ohr geflüstert. Hat sie etwas härter genommen. Nichts. Keine Regung von ihrer Seite. Louisa liegt im Bett wie ein Stein, stumm, kalt und reglos.

Kathrin hatte sich wie alle Frauen vor dem Fleischer getroffen und geschwatzt. Hatte laut und hemmungslos gelacht. Im Haus hatte sie das Radio aufgedreht, daß er es manchmal schon von weitem hörte. Und sie hatte dazu gesungen. Kathrin hatte große Bleche Kuchen für die Dorffeste gebacken, mit ihm zusammen das Wild ausgeweidet, war Gemeindevertreterin gewesen und nicht auf den Mund gefallen. Kathrin war kräftig und zäh gewesen. Der Sex hatte ihnen beiden Spaß gemacht.

Er wußte, daß man Kathrin im Dorf immer noch als seine wirkliche Frau betrachtete. Obwohl sie seit Jahren geschieden waren. Das hatte man ihr verziehen. Und ihm. Ihm hatte man auch verziehen, daß er sie nicht halten konnte. Nur die neue Frau, Louisa, die verzeiht man ihm nicht.

*

Die Eltern reden nicht viel. Sie gehen zu Louisa, wenn sie sich etwas Wichtiges sagen müssen. Sie sagen es schweigend. Sie lieben Louisa, aber sie lieben sich noch viel mehr. Louisa weiß, nie wird der Vater sie so lieben, wie er die Mutter liebt. Nie wird die Mutter sie so lieben, wie sie den Vater liebt.

Die Finger der Mutter auf ihrem Schlüsselbein. Die Lippen, die die Härchen ihres Halses abtasten. Der Schweißtropfen, der lautlos zwischen ihren Brüsten bis zum Bauch hinabrinnt. Im Spiegelglas der Kommode begegnen sich die Blicke. Ihre, seine, Louisas. Zärtliche, vergiftete Blicke, wortlos ineinander verschlungen. Die Fenster, die rosaroten Wände, die fliederfarbenen Möbel schweigen.

Louisa sitzt stundenlang auf dem zierlichen Stuhl und sieht in den Spiegel. Sie wartet. Sie wartet auf die Frau aus Seide, auf den Mann aus Bart und dem würzigen Geruch dunkler Zigaretten.

Alles an Louisas Mutter ist aus Seide. Die schlanken Beine, die Arme, die weiche Linie der Hüfte. Die schmale, kühle Hand, die ihre Brust streichelt.

*

»Louisa«, beschwört er sie und will ihre Hand öffnen, um ihr das Haarbüschel wegzunehmen, »Louisa, was soll das!« Sie sieht ihn nur an, mit flackerndem Blick, und lacht. Ihr Haar löst sich, als er sie schüttelt und ihr Kopf dabei gegen die Wand schlägt. Das wollte er nicht. Aber ihr Kopf pendelt beim Schütteln hin und her, als sei er nur mit einem dünnen Fädchen an ihrem Körper befestigt. Als gehörte er nicht zu ihr. Überall dieses verwirrende Haar. Sie soll aufhören zu lachen. Dieses entsetzliche Lachen. Er stößt sie Richtung Bett, und sie fällt. Auf den Rücken, mit ausgebreiteten Armen. Das Haar über ihrer nackten Brust, auf dem weißen Kissen aus Damast. Er kennt sie nicht mit gelöstem Haar. Sogar im Bett trägt Louisa einen locker geflochtenen Zopf.

»Nein«, sagt sie und lacht. Seine Hand fliegt auf ihr Gesicht zu, legt sich darüber, erstickt sie. Die andere liegt auf ihrer Brust. Sie stößt mit der Zunge hart gegen seine Handfläche, fährt ihm feucht zwischen die Finger, stöhnt. Sie ist wahnsinnig, denkt er. Dann denkt er nicht mehr. Er dreht sie mit einer groben Bewegung auf den Bauch, preßt ihren Kopf ins Kissen, schiebt den Rock hoch, zieht den Slip runter, greift zwischen ihre Beine, spreizt sie. Das Gummiband des Slips reißt.

Er reißt ihren Kopf am Haar hoch, läßt sie an seinem Finger lecken, schiebt ihn dann in ihren Anus. Sie schreit. Sie will schreien. Er legt seine Hand auf ihren Hinterkopf und preßt ihr Gesicht tief ins Kissen. »Kein Wort!« zischt er, hält sie weit offen und stößt sich in sie. Unvorbereitet. Reizt sie mit der Hand, sie ist feucht, nie war sie feucht. Er stößt hart und lange, so lange, bis er aus dem Kissen ein ersticktes Keuchen hört. So lange, bis sie unter seiner Hand und um seinen Schwanz zuckt. Dann kommt er.

*

Ich werde eingesperrt, denkt Louisa.

Die Polizei aus dem Schweizer Kanton hat angerufen. Louisa liegt in ihrem fliederfarbenen Bett mit den rosaroten Bezügen. Sie ist achtzehn. Immer, wenn das Zimmer neu gestrichen wurde, hat sie gesagt: Rosa. Rosa und Flieder. Bitte.

Sie hat gewußt, daß sie sterben würden. Beim Klettern. Alle beide. Sie hat sich wie immer küssen lassen zum Abschied. Von der Mutter mit ihren weichen, duftenden Lippen und von dem Vater, dessen Bart an ihrer Haut gekratzt hat. Sie kann ihn noch riechen, sein Gesicht, sein Haar.

Langsam steht sie auf und geht ins Schlafzimmer der Eltern. Sie klappt die schneeweiße Damastdecke auf und schlüpft darunter. Sie legt sich in die Mitte des Bettes, genau in die Mitte, und greift nach dem schwarzen Seidenhemd und dem karierten Pyjama. Sie legt beides zu einem Kissen zusammen, dreht sich mit dem Gesicht darauf und atmet.

*

Das Schlimmste ist die Stille.

Die Schwüle im ganzen Dorf, der ausgetrocknete Teich im

Garten und das Schweigen im Haus. Sie sehnt sich nach einem Schrei, doch der Schrei ist bereits Erinnerung. Der Schrei und der Schuß. Sie setzt sich ans Klavier und beginnt mechanisch zu spielen. Sie tritt die Pedale, und von ihren nackten Füßen fallen Tannennadeln.
Sie werden sie einsperren. Diesmal kommt sie nicht davon. Ich sollte meine Tasche packen, denkt sie. Damit sie nicht in letzter Minute das Nötigste zusammenraffen muß, wenn sie kommen und sie abholen.
Sie wartet auch damals, mit dem Gesicht in schwarzer Seide und kariertem Jerseystoff. Sie atmet sie ein, alle beide, füllt sich bis zum Ersticken mit ihrem Geruch und überlegt, was sie sagen könnte. Warum sie es getan hat. Sie findet nichts. Es wäre ein fehlendes Wort.
Daß immer die Zeit durcheinandergerät. Daß alles immer wieder jetzt passiert. Daß niemals die Möglichkeit einer unvorhergesehenen Veränderung besteht. Denkt sie. Die Tannennadeln haben sich im Teppich festgehakt.
Später erwähnt die Schweizer Polizei nicht mal, daß das Seil an einer Stelle zu dünn gewesen war. Sie wartet. Sie bindet die Saiten der Geigen um ihre Handgelenke. Sie zieht sie straff. Aber niemand kommt, sie zu holen.
Das Schlimmste ist immer die Stille danach. Sie spielt gegen die Stille an, aber das Klavier scheint sie zu verstärken. Sie hört auf.
Es ist einfach.
Es ist nicht mehr als eine kurze Drehung des Laufs.
Im Garten jault Lore. Sie holt sie rein, und dann liegt sie gegen ihre Füße geschmiegt und winselt leise, während Louisa sie streichelt.

*

Sie geht mit ihm zum Hochstand. Es ist Nacht. Sie haßt den Wald, und sie haßt es, wenn er die Tiere tötet. Denkt er.
Er hat es im Gefühl, daß er heute den Hirsch schießen wird. Und er wird ihr zeigen, wie man das Wild aufbricht. Sie soll alles sehen. Sie soll sehen, wie er das macht. Und er will sehen, wie sie sich verändert. Wie ihre Schale bricht. Er will bis zu ihrem Kern vordringen.
Louisa ist mitgekommen, weil er ihr ins Ohr geflüstert hat: »Wenn du mitkommst und zusiehst, verrate ich dir, was ich die letzten Tage gemacht habe, Louisa.« Ihr Blick hat geflakkert. Und dann hat sie genickt.

*

Sie baden zu dritt. Louisas Vater am Fußende. Louisas Mutter am Kopfende. Louisa in der Mitte. Louisa ist sechs. Es ist sehr still. Bis auf das leise Lachen. Sie waschen sie.
Er seift sich die Hände ein, wäscht ihren Hals, die Schultern, fährt mit den Fingern das Rückgrat hinab. Dann zieht er sie behutsam auf den Rücken über seinen Bauch, legt ihre Beine auf seine, hält ihre Hände unter Wasser fest. Louisa lacht. Er legt die Wange an Louisas, sie schmiegt sich dagegen. Die Eltern sehen sich an. Sie berühren sich, indem sie Louisa berühren. Louisas Mutter wäscht ihre Brüste, die keine sind. Seift sie ein mit sanften, kreisenden Bewegungen. Er öffnet seine Beine. Louisas öffnen sich mit seinen. Die Mutter wäscht ihre Füße. Nein, so niedliche, kleine Zehen, flüstert sie und kitzelt sie ein bißchen. Sie seift die Waden ein, die Schenkel, schiebt die Hand dazwischen, schäumt Louisa ein, wäscht sehr sorgfältig, streichelt sie, langsam, gleichmäßig und zart, sieht dabei Louisas Vater an. Sie lächeln leise. Louisas Augen verschleiern, und sie schließt sie, als sie sich unwillkürlich zu bewegen beginnt und den Fingern entgegenkommt. Louisas

Vater küßt ihr Ohrläppchen. Er hält die ganze Zeit ihre Hände fest.

*

Stefan sitzt allein auf dem Hochstand. Seit dem Abend der Raserei ist Louisa wieder wie vorher: still und gleichgültig. Kein Wort ist über die Sache gefallen.

Louisa erzählt wenig. Sie hat von jeher viel geschwiegen. Er hat das für eine besondere Stärke gehalten, vor allem aber für eine sehr angenehme Eigenschaft, doch vielleicht hat er sich ja getäuscht. Vielleicht ist es mit Louisa wie mit der Schwüle der letzten Tage, die alles ansteckt. So eine Schwüle kommt lautlos, aber wenn sie zu lange andauert, wird man ein bißchen wahnsinnig. Vielleicht hab ich mich ja schon angesteckt, denkt er. Was weiß er von dieser Frau, die seine Frau ist? Was weiß er von den wütenden Hunden in ihrem Körper, die zweifellos da sein müssen, wie bei jedem Menschen. Auch bei ihm, Stefan. Er weiß nichts von ihr.

Er sitzt und grübelt und wartet auf die Hirsche. Gestern hat Louisa eine Rosentorte gebacken, mit Rosenblättern aus dem Garten obendrauf, zart eingezuckert. Zu schön zum Essen, war ihm durch den Kopf gegangen, und er hatte sich gewundert, woher sie so was kennt. Er sitzt ganz still, aber die Hirsche kommen nicht.

Sie redet wenig, und er hat sie nie etwas gefragt. Aus Respekt, sagt er sich. Aber womöglich stimmt das nicht. Womöglich will er nicht zuviel erfahren. Von dieser Frau, denkt er.

Er wundert sich, daß er sich nach ein paar Marotten an Louisa sehnt, Nägelkauen oder ein nervöses Zucken der Lider, irgendwelche lächerlichen Marotten eben, die er mit der Zeit ignorieren lernen würde. Aber es gibt nichts. Seine Frau hat keine Fehler. Er versteht sich selbst nicht. Wie konnte er nur

derart die Kontrolle verlieren? Aber sie hat so heftig auf ihn reagiert. Gott sei Dank, denkt er. Aber er ist verwirrt. Es hat ihr gefallen, da ist er sich sicher, dabei hat er so etwas noch nie gemacht.
Nach dem Vorfall war sie wie immer. Egal, ob er versuchte, ihr die Bluse zu zerreißen, wie an jenem Abend, egal, ob er sie hart und rücksichtslos nahm. Sie blieb unbeteiligt und ließ alles über sich ergehen. Er versteht das nicht.
Ein Hirsch tritt aus dem Gebüsch. Er legt das Gewehr an. Doch ein Eichelhäher stößt einen spitzen Warnschrei aus, und der Hirsch bricht durchs Unterholz und ist davon.

*

Louisa ist achtzehn.
Sie wollen Louisa in ein Internat schicken.
»An der Schule dort bekommst du eine erstklassige musikalische Ausbildung«, sagen sie.
Louisa sagt: »Nein.« Das erste Mal schreit sie.
»Warum«, fragen beide.
»Weil ich hierbleiben will«, sagt Louisa. »Bei euch.«
»Du bist erwachsen«, sagt Louisas Vater sanft. »Du mußt auf eigenen Füßen stehen.«
Sie haben nie viel miteinander gesprochen, die Eltern und Louisa. Die Worte waren belanglos: Ob Louisa sich lieber ein blaues oder ein gelbes Kleid wünscht. Ob sie sich wohl fühlt in der Schule. Ob sie Käse oder Wurst auf ihr Schulbrot möchte.
Sie kann ihnen nichts erklären, sie nicht beschwören, sie nicht umstimmen.
Das Schlimmste ist immer die Stille. Nie läßt sich das Haus von der Stille reinigen.

*

Es muß mit dieser Frau zusammenhängen, die er vor kurzem getroffen hat, denkt Stefan. Er bemerkt Louisas unruhigen Blick, wenn er später als sonst nach Hause kommt. Aber noch passiert nichts. Noch ist sie still, wenn er sich über sie beugt und sie küßt.

Er geht aufs Ganze. Er kommt immer später und mit immer fadenscheinigeren Ausreden. Im Grunde will er die Frau nicht wiedertreffen, aber jetzt macht es ihm Spaß, Louisa vorzumachen, sich heimlich zu verabreden. Sein Lachen ist roh, wenn er nach Hause kommt, dabei weiß er genau, daß Lügen sanft sein müssen.

Sie ist nervös, und er ist erstaunt, welche Macht er über Louisa hat. Er wird ihr nahekommen, denkt er, indem er sie anlügt. Er lügt mit einer Durchsichtigkeit, die jede andere Frau zum Ausbruch bringen würde. Er beobachtet ihre Verwirrung. Ihren fieberhaften Griff ins Haar, das wie immer zu einem strengen Zopf geflochten ist. Vielleicht gibt es gar kein Geheimnis, überlegt er einmal. Vielleicht gibt es nur den Moment, an dem man kehrtmacht.

*

Sie hätten mich einfach verlassen, denkt Louisa im Bett, mit dem Gesicht in Seide und Jersey. Ihre Hand hängt über der Bettkante. Sie versucht, etwas zu greifen, aber sie greift ins Nichts.

Die Worte sind nirgends. Sie haben sich verfangen im lautlosen Fall ihres Haars. Sie sind eintätowiert hinter die sanfte Rundung des Ohrs, in ihre Fingerspitzen, in die zarte Innenseite der Schenkel. Die Worte sind nirgends.

An einem Nagel in der Wand hängen die Saiten.

Sie saugt den Duft ein, den Duft seiner Brust, den Duft ihrer Achseln. Sie saugt alle Berührungen ein. Sie hätten sie einfach verlassen, weggeschickt, aus ihrer Zukunft gewiesen. Sie hätten ihr alles genommen. Und es wäre so leicht gegangen. Weil es normal wäre. Aber es wäre Louisas Haut gewesen. Wie sollten sie je verblassen, denkt Louisa, all die Abdrücke von Zähnen und Nägeln, die lautlos eingesunken sind in ihre Haut. Der Tod ist Täuschung. Durch Louisas Haut sind sie unlösbar miteinander verbunden.

*

Rosen. Sie wird ihm immer Rosen bringen. Und Flieder. Wenn sie sie noch lassen.
Sie packt langsam ihre Tasche.
Das Schweigen streift durchs Haus. Und sie atmet.

*

Als die Hirsche aus dem Wald treten, denkt er, diesen Moment müßte man festhalten. Die Tiere stehen mitten auf der Lichtung, ahnungslos seinem scharfen Auge ausgesetzt und vom Mond wie von einem Scheinwerfer angestrahlt. Louisa sitzt neben ihm. Reglos, zugemauert. Sie treibt ihn zum Äußersten, und er tut es: Er legt ihr das Gewehr in die Hände, biegt ihre Finger um das Metall. Mühelos, denkt er, ihre Bewegungen lassen sich formen wie Ton.

*

»Schieß!« hatte er gesagt.
Und sie hatte geschossen.

Eisblumen

für Nadja Einzmann

Es war Herbst, als Rosa sagte: Ich werde heiraten. Und zeigte allen die Braut, die nicht ich war. Ich küßte Rosa und lachte wie alle. Doch mein Herz sprang in Stücke dabei, denn Rosa war meine Liebste im Traum und für immer.
Als Weihnachten kam, wehten Schleier und verletzten die Luft. Sie traten aus dem Portal in die Nacht. Da stand ich im Kleid und warf Reis auf die, die nicht ich war, auf daß sich die Körner in ihrem goldenen Haar verfingen und anfängen zu sprießen. Blüten hatte ich gebrochen für Rosa und in die Schleppe genäht und Seufzer zu silberner Spitze gewirkt, die den Saum ihres Kleides umbändelte.
Als sie ja sagte, Rosa, hat ihre Stimme gezittert, und mir fuhr das Eis ins Herz. Schnee hatte sich wohl in mein Auge verirrt, und Eisblumen wuchsen und wollten nicht schmelzen.
Getanzt hab ich nicht wie die anderen, nur den Brautstrauß zerpflückt. *Von Kopf bis Fuß* … drang ein Lied in mich ein, und ich hielt die Ohren mir zu. Rosa tanzte mit der, die nicht ich war, legte Blicke auf mich, Blicke wie Schnee … *und sonst gar nichts.*
Sie gingen früh, es war immer noch Nacht. Ich folgte und stand vor dem Haus. Sah die flammenden Lichter des Baums, denn das Fenster stand auf. Marlene sang dunkel … *von Kopf bis Fuß* … Die Vorhänge rauschten dazu.
Zwei Wochen später ging ich zu der, die nicht ich war, lud sie ein zu Kaffee und später dann Wein. Lud sie ein in mein Haus, und sie kam, denn was war schon dabei. Sie sah nicht die Messer und den Schrank voller Gift. Ich griff in ihr goldenes Haar und sponn meine Finger hinein. Legte Blicke auf sie und auch

Hände. Spürte Rosa auf ihrer Haut, trank Rosa von ihrem Mund, küßte Rosas Bild von ihren Augen, und draußen fiel Schnee.
Es war Herbst, als ich sagte: Ich werde heiraten. Und zeigte Rosa die Braut, die nicht sie war. Und Rosa stand still, ihr Mund wie verletzt vom Lippenstift.
Als Weihnachten kam, stoben Flocken umher. Wir traten aus dem Portal in die Nacht, und Rosa warf Reis in mein Haar. Körner, so hart wie Schmerz, sie knackten beim Gehen. Ich warf den Brautstrauß. Sie pflückte die Blüten heraus, die fielen den ganzen Weg. Als ich ja sagte, war es ein Zittern. Musik fiel mich an ... *von Kopf bis Fuß* ... Wir tanzten in Rosas Blick. Die saß stumm, und das Eis wuchs die Fenster zu.
Wir gingen früh, es war immer noch Nacht. Der Weg war nicht weit. Der Baum warf mit Flammen, die Vorhänge tanzten im Rausch. Laut drang das Lied in die Nacht, denn ich stellte es ein, ganz auf Liebe. Ich küßte das goldene Haar und warf Augen auf Rosa, die draußen stand und ... *von Kopf bis Fuß* ... ganz bedeckt war von Schnee.
Zwei Wochen später kam Rosa, lud mich ein zu Kaffee und später dann Wein, lud mich ein in ihr Haus, und was war schon dabei.
Ich sah nicht das Gift und die Messer im Schrank, an Weihnachten dachte ich nur.
Dann fiel der Kuß.

Alle Seiten der Welt